徐望雲——著

味蕾下的詩想

平民菜譜及其他

Living with Poetry

推薦序

——細節，藏在故事裡

王健（Jan Walls）

認識徐望雲已有十多年了，最初我是他的受訪者，當年他在溫哥華星島日報旗下任職記者，來我任教學校的辦公室跟我做人物採訪，後來我們經常在溫哥華的社區活動和文學活動中碰面，成了文友，我知道他也從事寫作。

我自己的學士、碩士、博士學位都是主修中國文學發展史，尤其是詩詞發展史，所以一看到徐望雲新著中鑲有「詩想」這樣的書名，就更高興。

其實，收進書內的一系列作品，在發表時，原是以「詩說」做為標題，而「詩說」的歷史悠久，但最有名的也許是南宋姜夔的〈白石道人詩說〉，其中有下邊的名句：「大凡詩，自有氣象、體面、血脈、韻度。氣象欲其渾厚，其失也俗；體面欲其宏大，其失也狂；血脈欲其貫穿，其失也露；韻度欲其飄逸，其失也輕。」

徐望雲的詩不但有氣象，有體面、有血脈、有韻度，而且如用鍾嶸《詩品》的標準，他的詩「有風有骨」。放到今天，我相信鍾嶸、姜夔都會給他好評。

本集裡邊的詩涉及到遊記、季節的欣賞、由古詩來的靈感、詠近代史、送行、鄉愁……等等比較傳統的題目，但他的視角不是傳統的，往往是新鮮的、當代知識分子的。

特別的是，他還有非常「非傳統」的詩作，像有關籃球的〈扣籃〉與〈三分〉……你看過有多少人會用知識分子視角來欣賞籃球的？很少見吧！

本詩文集還有十六篇「平民菜譜」，各個菜先有一首詩來讚頌，之後的「詩想」就敘述這個菜跟他個人的關係與感情，還解釋這道菜的歷史背景，或菜名的來源……無不耐人尋味。

徐望雲靈活運用這種詩與散文並陳（詩說）的方式，還跟我們分享他的家庭背景與幼兒時代在臺灣的生活。一讀到〈傷逝〉的頭兩句：

我們為母親整理衣裳
她要去旅行，地點是陌生的國度

接著我們了解到她（母親）最喜歡的衣服與為甚麼那麼喜歡，好像詩人真的在幫母親收拾行李，我們就慢慢忘記這到底是「傷逝」詩……，此刻令人感動得不能不掉淚。

越看徐望雲的詩，越了解他的家庭背景與幼兒時代在臺灣的生活。〈輕喟〉一首簡短的三行詩，表面上看，好像只告訴我們「父親像一首出塞曲」，但在後面的「詩想」鋪陳中，讓我們知道父親從軍走南闖北的歷史，還有他們之間的父子關係。讀罷能感覺到這首簡短的三行詩壓縮時間的力量。

徐望雲愛旅行——北美、東方、西方，他都喜歡探索欣賞，當然有詩為證。而藉此除了能欣賞他以詩來分享的旅遊經驗外，同時也通過他的詩，使我們能更了解一些遙遠的、富有浪漫形象的地方。

比如〈駝鈴夢坡組曲〉，欣賞新疆的沙漠風景與維吾爾民族給他留下的美好印象。〈西出亞伯丁〉描寫蘇格蘭東北部的氣氛，也「把我們悄悄織入她的山水畫裡」。

他的〈夜行落磯山脈〉不直接描寫夜晚的山景，反而創造一種高山森林黑洞洞的、獨特的氣氛。在其「詩想」鋪敘中，他說明這首短詩「沒有什麼特別的技巧，只想讓讀者在閱讀中間，也能感受我夜行山路的感受。」他未免太謙虛了，古今中外有不少的名詩，其唯一的目的就是重複一種獨特的感受。我覺得只有徐望雲這種小詩才能給讀者留下一個難忘的、可貴的氣氛的感受。

這位詩人對古代歷史的了解很深、很廣，好些詩裡他用古代的典故聯繫到現代活動，比如〈三分〉這首的第一句：「后羿射日不過如此」，一看到這個神話典故，心裡就想「三分」是指「入木三分」，還是「鼎足三分」？

哦，都不是！原來詩人是籃球迷，「三分」指的是「三分線外投籃」，投中的難度好比后羿射日！神話典故選得很恰當。

另一個妙用典故的佳例則是，在讚頌麥可傑克森一生的成就，詩的題目卻是〈齊諧〉，看這個題目，我們只能想到莊子，〈逍遙遊〉中提到「齊諧者，志怪者也」，「志」（記錄）的是鵬鳥故事，因為鵬鳥是巨大的神話怪物……，誰會想到麥可傑克森呢？然後副題是黑人民權領袖夏普頓，在麥可傑克森告別式上發言，勸告孩子的話：

「你們的父親一點也不怪誕。怪誕的，是你們父親所應付的事，而他已經應付了。」

如有人覺得麥可傑克森很「怪誕」，那或許是因為傑克森像鵬鳥一樣，太偉大了，一般的人沒辦法了解他，哦！現在才領會到莊子的齊諧跟麥可傑克森的關係！

除了擅長用典之外，徐望雲還很會用「人格化」的技巧，比如讓我們充分感覺到一個春天晚上的氣氛〈春聲／晚〉：

五彩繽紛的繁花，被暖風送入夜空成為
千萬隻閃亮的眼神，還不捨地望著人間

除了人格化，還可以說這首詩妙用「聯覺」的技術，因為他專門用「視覺」的形象來描寫春天的聲音！

徐望雲熱愛傳統文學，又熱愛現代文學，詩文雙全；現代文體融合傳統價值，會嚴肅、又會幽默；說他性格穩定，可是一種富有活躍性的穩定；說他性格活躍，可是一種富有穩定性的活躍。

總之，他是一位多才多藝的「說」詩人，以獨特的散文（或者說故事）方式詮釋其「詩想」，立意很新。在這本詩文集出版之際，我替廣大讀者群感到特別高興，因為他們像我一樣，也可以欣賞到他的優秀作品。

*王健（Jan Walls），漢學家，美國印地安那大學中國文學博士，其博士論文是研究唐代的女詩人魚玄機。

一九八〇年代曾擔任加拿大駐中國大使館文化參贊。回加拿大後，在西門菲沙大學（SFU）任林思齊國際交流中心主任、現為人文系終身教授。

目次
Contents

推薦序——細節，藏在故事裡／王健 003

輯一 平民菜譜

油炸臭豆腐 012
荷包蛋 015
重慶辣子雞 018
西安餃子宴 021
泰式酸辣湯 024
煲仔飯 027
陽春麵 031
涼拌苦瓜 034
蕃茄炒蛋 037
皮蛋豆腐 040
麻辣火鍋 045
乾煸四季豆 048
蠔油芥蘭 051
台南肉粽 055
廣式月餅 058
年糕 064

輯二 無弦琴譜

我的父親母親 070
忍冬花傳奇 083
中年心情轉折三題 096
鄉愁 117
秋語／晨 123
扣籃 129
三分 133
時光之悟——隱沒的絕句：賈島・尋隱者不遇 137

輯三　山河畫譜

駝鈴夢坡組曲 146

西出亞伯丁／英國蘇格蘭行旅系列 152

溫柔戰帖——給九族櫻花祭的遊客 156

立冬四首 161

夜行落磯山脈 173

李奇蒙古橋／澳洲行旅系列 178

輯四　歷史簡譜

永遠——女頌系列 186

艷電 196

齊諧 203

留園簡史 211

送行 219

跋——詩房重新裝修，歡迎來做客／徐望雲 227

輯一

平民菜譜

油炸臭豆腐

尾隨米伯伯那道彎曲的搖鈴與叫賣
一路踅進了離亂而幽靜的巷弄

電桿下還有狗兒陳年的尿騷味
籬笆裡忽然撲出姚媽媽家的蔥爆香

詩想

我對臭豆腐的愛好，絕對是從眷村米伯伯家每天下午五點準時推出來叫賣的油炸臭豆腐開始的。

那年代，我們眷村靠著山坡，窩在山線火車鐵軌的東側，隔著鐵軌，與外界只有一座鐵軌下的小涵洞相通，大概就兩百戶人家左右，都是來自中國各省，自成一個小小世界。

有很多戶人家的父輩還在軍中工作（如父親），對於已退伍的老兵而言，如果不想只靠退休俸過生活的話，多半就會經營一些小生意，如開間小雜貨店，或家庭理髮店什麼的……推車或騎三輪車賣臭豆腐或冰淇淋，也不失為一個還不錯的選擇。

米伯伯個子矮矮壯壯，皮膚黝黑，好像是士官長退役，每天下午固定推著他那輛販賣用的三輪車，沿著眷村的巷子一路叫賣「臭～～豆腐，好吃的臭～～豆腐！」

米伯伯賣的臭豆腐，也會配上他自己醃製的泡菜，超級無敵霹靂好吃，我們每次買了一盤，都會央求泡菜給多一點，但米伯伯很慳，不肯多給，我們小蘿蔔頭就會拿「下次不買了」做威脅，就這樣，我們與米伯伯之間的「泡菜角力戰」，只要一買他的臭豆腐，幾乎都會上演。

米伯伯的口音聽起來像河南的，不知為何，我們那眷村，來自河南的長輩特多，我家左鄰的武家、右舍的姚家，都是河南，姚伯伯有六個子女，最小的兩個兒子，一個大我兩歲，一個大我一歲，較常玩在一起。

印象中，姚媽媽家還有傳統的爐灶（就是紅磚砌成，燒菜時，要透過一個小洞口，往灶內添木柴那種），我很喜歡姚媽媽料理的蔥油餅，我不知蔥油餅是不是河南的飲食代表之一，但我就是忘不了屬於姚媽媽家的，河南風味的蔥油餅。

更忘不了米伯伯的油炸臭豆腐鍋內滋滋溢出來的油香，偶爾會在游到我的鼻前時，姚媽媽家的蔥油餅正要起鍋，真要命，那爆出的蔥花香就順道趕來湊熱鬧，弄得我腸胃翻滾、口水直流——

那年代，或者，那年歲的幸福，真是如此簡單而充滿！

——二〇一四・十二，野薑花詩集季刊，十一期

二〇一五・十・二十七，世界日報副刊

荷包蛋

我是林間難以融化的重雪
四面守著你有千言萬語，在黑夜
在暖黃燈光照亮了寂靜的屋內
啊！這就是我的一生

詩想

這首詩發表時有個副題——「給有情人」，初看即可見詩意。

小時候家窮，除了過年過節，平常吃不起大魚大肉，不過，媽媽在為我們準備三餐時，一定都會有雞蛋，至少至少，早餐出門前，一定會有煎荷包蛋或水煮蛋，以保證我們每天的營養，晚上則偶爾會有蒸蛋。

然而，市面上的雞蛋，雖不能算貴，但如果每天都要有雞蛋給三個小蘿蔔頭吃，還是挺費錢的，媽媽為了能取得足夠的雞蛋，就在家後院養了雞隻，主要是為取蛋，很長很長的一段時間。

我的廚藝不精，哦不，是談不上有廚藝，可我還是有拿手的絕活菜，就是荷包蛋和煎蛋。荷包蛋應該是我人生第一道學會的菜餚（如果那也算是一道菜的話），對荷包蛋的感情，可想而知。

這首詩是藉荷包蛋的外觀來寫情。

蛋白宛似一座遙遠的森林中，春天初來乍到時還未融化的雪，林中有一幢破舊而孤另的屋宇，窗內臥著一盞不知為誰點亮而始終不肯熄滅的油燈，暈乎乎的燈色，透著紙窗，就像荷包蛋的蛋黃，被蛋白色的重雪包圍。

蛋黃一般的燈光在等著某人，而蛋白一樣的重雪，也痴痴的保護著那蛋黃和
那盞燈，千萬年的感情就懸在那裡，看著思念著，心也跟著暖了！

——二〇一四・十二，野薑花詩集季刊，十一期
二〇一五・七・十四，世界日報副刊

重慶辣子雞

紅花綠葉，鋪滿了整座盆地
隱約中還窩藏著零落的鳥聲

收妥了一天月色
便施施然，步下山去了那樵夫

（圖片來源：陳細木提供）

詩想

什麼叫「辣子雞丁」？這道菜，早在我開始懂得吃辣時，就必然會接觸到的菜餚，一直以來，就是雞塊佐以紅辣椒炒出來的，了不起就是加上蔥、蒜、芹菜等，反正端出來的餐盤上，有雞塊有紅辣椒就是了。

那一年，我第一次去重慶，剛下飛機，重慶朋友就問我，有沒有吃過辣子雞。

「哈哈！廢話！在台灣，你想得到大江南北的菜，都有。」

朋友說：「我指的是重慶辣子雞。」

「啊？」我疑惑著：「辣子雞就辣子雞，還有重慶辣子雞、台灣辣子雞、美國辣子雞？」

「跟我走！」

那個下午，我們就搭車到了重慶的歌樂山。

歌樂山，對重慶人或中共來講，相當熟悉，因為那邊有個「渣滓洞」，是國共內戰末期，大批中共黨員被國民黨軍隊作掉的地方（為什麼叫渣滓，據說是諷刺國民黨將共產黨的人命視作渣滓）。

那邊還有一個景點叫白公館，是與張學良一起發動西安事變的楊虎城一家被殺的地方。

不過，這不干「平民菜譜」的事。

重慶朋友在參天大樹圍抱的歌樂山，找到一家辣子雞專賣店，叫了一「盆」辣子雞。真的是一「盆」，因為店家用鐵盆將碎雞塊摻著一大堆紅辣椒炒在一起，端上桌時，滿滿一盆全是紅辣椒和青辣椒。

「雞肉呢？」我一直在找。

「那！」說著說著，朋友就從辣椒堆裡，揀出了一小塊黑乎乎的雞塊，告訴我說：「重慶辣子雞的特色就是，你要在辣椒堆裡找雞肉來吃。」

我不得不承認，那是我第一次用「辣椒堆裡找雞肉」的方式吃辣子雞。

這時，密林深處傳來零零落落的鳥聲，感覺上，就像是從眼前滿滿的辣椒堆裡流溢出來似的。

隱約還聽到有人唱山歌，我猜，就是樵夫。

——二〇一五・五・三，世界日報副刊

西安餃子宴

戰爭屠殺魏晉，留下一地斷簡殘篇
意象群慌張逃命，韻腳們骨肉分離
躲南藏北出隋入唐，一路跌宕平仄來到盛世
才有節奏自四面靠攏，格律向八方亮麗散開

詩想

小時候每到過年，我們那眷村來自北方的伯伯叔叔阿姨，多會包或煮一大鍋水餃，分贈左鄰右舍，那個年代，物質簡單，我們吃的水餃，不是韭菜就是白菜，葷類的餡，不是豬肉就是雞肉，連牛肉都很少。

長大後，我一吃韭菜和白菜水餃，就感到特別親切。從不知水餃除了這兩種餡之外，還能有什麼花樣。

直到那一年，我去西安旅遊，偶然走到一家「餃子宴」，叫了一大盤不同花樣的餃子（據說那家店的餃子種類超過百種），真正讓我大開眼界。

這首餃子宴是「平民菜譜」系列三首冠上城市名的（另兩首是〈重慶辣子雞〉和〈台南肉粽〉）題目之一，道理也在此。

以前的老長官，已過世多年，寫過一系列「趙老大遊中國」的趙慕嵩，生前在高雄開了個「趙老大北京餃子館」，他跟我提過，餃子館的主力商品是蕃茄水餃，就是在中國北方西安附近旅遊時得到的靈感。

但他自已初做蕃茄水餃時，卻遇到一個瓶頸，即，蕃茄的水份多，就算去掉裡面的籽汁，做為餡，仍不容易讓水餃站穩，幾經實驗，他想出了一個方法，就是讓蕃茄搭配固體的煎蛋。煎蛋本身可以吸收一些水份，有助水餃不至於塌陷。

我已不記得當年在西安的餃子宴中，有沒有蕃茄水餃這一款，但能將我一直認為平板無奇的平民美食——餃子，耍弄得如此多彩，本身就是一項成就。

西安，是大唐的首都，大唐，則是歷朝詩歌最為蓬勃的朝代，因此，我以唐朝詩歌的豐饒，與餃子宴的繁華相互映襯。

詩的主旨著眼在，一種文學類型在發展到全盛之前，難免會有一段生澀的發展期，就如一個朝代來到盛世之前，也多會有一小段跌跌撞撞的路程，直到發展成熟，體例完備了，就會在文學史上留下輝煌的一頁。

至於現代詩或自由詩，當今是不是已到了千百種餃子端上桌的時候，答案不在詩人這邊，而是在讀者那邊。

——二〇一六・二・六，世界日報副刊

泰式酸辣湯

——給時間

有風～～有雨～～有歲月不斷被翻動～～
有思念鑽進山坳，有山被蒸騰的煙嵐收進黃昏
記憶總是如此輕佻，方才沉入三月的湖水微寒
舊愛的心情，便酸溜溜地浮了上來～～

詩想

有很長的時間，酸辣湯對我而言，與泡菜是哥倆好，都是用來配水餃的。

小時候，吃外食，如果是水餃，例必叫一碗酸辣湯。我不知道為什麼酸辣湯總用來配水餃，但那種酸辣湯，白豆腐條、瘦肉條、木耳、蔥花的內容，則是相當熟悉。至於辣味程度，主要依賴胡椒的分量而定。

不太清楚那種酸辣湯屬那一種菜系？北方或川菜？姑且稱「中式」吧！

直到那一年，公司辦泰國行促銷活動，有機會隨團去泰國走走，我才發現，泰國竟然……也有酸辣湯。

導遊透過當地餐廳翻譯告訴我們，泰國酸辣湯叫「Tom Yum Gung」，直譯叫「冬蔭功」吧，他們也知道台灣有泰國餐廳，但強調一點：「要看這家泰國餐廳的泰國菜做得是否道地，只要看他們的酸辣湯就知。」

所以，後來我每去泰國餐廳，第一道菜就是先上酸辣湯。

泰式酸辣湯與中式的不同，在於湯內加了香茅，湯汁也加了椰汁。通常不放辣椒，所以，基本上只有酸味（主要來自檸檬，與台灣的酸味來自醋，有較明顯的差異），而沒有辣味。

不過，在台灣的泰式酸辣湯，為了有「辣」的感覺，會加上紅辣椒碎末，這時候，那「冬蔭功」已不全然是「正宗」的泰式酸辣湯了。

至於內容，則與中式大同小異，不過，泰式酸辣湯多會有蝦，與香菜（當然，沒規定中式酸辣湯不准放這些料）。

泰式酸辣湯的酸因為來自檸檬，感覺上沒那麼油膩，一入喉，就是滿口融合椰香的檸檬香。

從某個角度來看，宛如曾經刻骨銘心的舊愛心情，在你忙著生活時，會潛藏在你心靈深處；直到你一個人獨處，那檸檬便會從你的唇間鑽進你的心扉，讓你的心思被「酸溜溜」的舊愛佔滿……

——二〇一五・八・二十五，世界日報副刊

煲仔飯

我以纖弱的皮膚承受生活的
坎坷與灼燒，為保留最好的內容
滋養你們，當一切走到盡頭
仍有餘香薄脆，那是最後的溫柔

詩想

很多年以後，我在北美的新家園為稻粱謀，為年幼子女籌措教育基金，忙著兼差幹活的時候，心思總會跋涉回那個天色赭紅的黃昏，我放了學，向母親告知新的學期，臨近畢業的學生需要繳交一筆校外觀摩費，這次觀摩對我們選填志願將有積極的幫助。

母親聽了後，點點頭，頓了三秒鐘，就回廚房去準備晚餐。晚上就蹭到隔壁找鄰居起了個會，透過我們眷村那道隔音效果幾乎是零的超薄水泥牆，我隱約可以感受到母親在訴說如何需要這筆錢時的急切心情。

當時父親人在花蓮，每月微薄的薪水全數交給母親處理，不夠的、或怎麼不夠的，父親不會去問，因此，儘管為我們學業而透支的家用，父親也無法感受。

那些年的台灣正要奮起，政治環境開始有細微的變化，屬於本土的聲音逐漸躍上檯面，但屬於小康之家的軍公教家庭如我們家，多數仍在社會底層安安靜靜與生活搏鬥著，即使一點小小的透支都有可能將一個家庭擊倒。

很多年之後，換我扮演母親當年的角色，開始想方設法提供給下一代比我當年更好的教育資源時，才隱約體受到，母親當年的心情，想必與我今天的心情相彷彿，然而，在台灣經濟面臨國際大局勢的衝擊（退出聯合國、石油危機、台美斷交……），而顯得搖擺不定的年代，想要保證我們兄弟姐妹能夠有安定的成長和受教育空間，那形勢顯然比今天更加險峻！

一代一代啊，就這樣，以不同的角色和人選，幾乎相同的故事梗概，卻經過不斷改編演出的戲碼，迤邐過一個更大跨度的時空。

而每每在反芻父母與我、我與子女的關係時，思想也總會竄進我最近常吃的港式煲仔飯，這種煲仔飯，是將煮好的飯（很多人選擇用泰國米這類長米。）放進砂鍋（故又稱砂鍋飯），放上配料，再加蓋以慢火去煲個十幾二十分鐘，再開蓋把甜醬油倒在飯面上。

在香港，煲仔飯過去只在大排檔提供，如廟街。但現在茶餐廳、酒樓和港式快餐店均可見到，更發展出「百搭」煲仔飯，即顧客可自由點選兩三樣菜，做為煲仔飯的主菜。

然而，對我而言，煲仔飯最美味的部分，不是砂鍋煲出來的飯或菜，而是整鍋吃完後，因為砂鍋內層沾黏米粒形成的焦層（被稱為「鍋巴」），咬起來薄脆清香，像是這頓煲仔飯，在以砂鍋為我保留了中間的美食後，留下的「最後的溫柔」。

如今，父母們一個一個被時間的巨輪帶走了，他們生前為我演出過的情節、留下的風範和曾經為子女無怨無悔付出的氣度，如同那層香脆的鍋巴，在我被煲仔飯的主菜滋養完之後，成為「最後的溫柔」，化做最寶貴的資產，讓我更有信心，傳承給我的下一代，再一代又一代傳遞下去！

——二〇一七・四・十三，世界日報副刊

陽春麵

清湯一般的日子，我們
就在那裡面，相扶持

偶爾加點蔥花，淡淡的
慢慢的，滋潤了一生

詩想

小學時，我念的學校離家不到一公里，每天都是走路上下課，短短的路程中，會經過一家小麵店，一般而言，中午時，我們總是徒步回家吃午飯，吃完再走回學校繼續上課，但有時母親不想弄午餐，就給兩塊錢，去那家麵店買碗陽春麵解決。

我最喜歡媽媽下達這樣的指令：「中午自己去買陽春麵。」那個年代的台灣民間，家裡一般不很富裕，儘管麵店的餐牌上還有其他口味的麵食，但媽媽只會給兩塊錢，也只能吃一碗最便宜的陽春麵。

然而，畢竟小孩子嘛，玩心難改。對我而言，吃什麼麵不重要，重要的是，不必再花時間走回家。由於陽春麵內容比較簡單，就是清湯掛麵，加幾粒蔥花，了不起老闆高興了，再加幾根肉條，十分鐘內可以解決，然後很快回學校，找同學玩兒去。

我對陽春麵就這樣產生了莫名的好感，即便那些蔥花，隨著記憶也會在齒頰留香。

現在回想起來，那個年代的台灣社會，也就像陽春麵一樣，純樸簡單，一個小小成就，就像灑在麵上的蔥花，已是人間美味，足以帶來欣喜：少棒隊打進威廉波特冠軍賽，可以全家半夜爬起來看電視轉播，贏了，好滿足、輸了，歎一口氣，早上起來，該上班的上班，該上學的上學、當十大建設的藍圖公布，人們滿心喝采，美好的明天彷彿整裝待發……

與牛肉麵、炸雞麵……這些一看就知麵上擺著什麼配料的麵食不同，「陽春麵」的詞是有來頭的，否則為何不叫湯麵就好（事實上，陽春麵的確又稱清湯麵、光麵，或白湯麵），非要用那麼典雅的詞，讓人想到陽春白雪。

據《辭海》（中華書局版本）的解釋：「俗稱陰曆十月為小陽春，市井隱語，因以十為陽春；如云陽春麵，以初時每碗售錢十文，故名。」就是說，每碗賣十文，十就是十月，就是小陽春，所以就叫要價僅十文的麵為陽春麵。

只是，或許因著陽春麵的配料簡單，現在似乎也多把「陽春」用來指涉沒有添加額外配件的最初，也是最原始的產品，例如，沒有先進科技配備，造型簡單的車（叫「陽春車」）、一支沒有花大錢買來大牌明星球員的職業球隊（叫「陽春球隊」）、沒有額外附加SD的智能手機（叫「陽春機型」）……

當然還有，屬於我們那個沒有太多野心，沒有物慾橫流、沒有聲色光影充滿……的年代……我們何妨叫它是「陽春年代」！

——二〇一六・十二・二十九，世界日報副刊

涼拌苦瓜

春風又綠江南岸，又一路綠向炎夏
滿山翠葉，嘩然叫醒一片青綠的夢
綠的山綠的河，穿織著綠綠的視野
綠的佛陀在笑，綠的菩提清涼透心

詩想

這輩子第一次接觸到「佛」，是八卦山的大佛。因為家住后里，小時候去彰化的八卦山不難，搭普通車或平快車往南，過了台中，下一座大城市，就是彰化，相當近。因此，小學時的郊遊，最遠也都是去八卦山。

端坐在那裡的大佛，法相莊嚴，在蓮花座上閉目禪坐，雖然從底下仰視，祂的嘴角似微微笑。但即使調皮慣的我，還是不太敢直視。直到有一次代表學校參加繪畫比賽，到八卦山寫生，規定要在畫上畫出那尊大佛，不看還不行，看了還得仔細看，這才注意到大佛的「頭髮」，是「一小顆一小顆」，宛如疙瘩一般。

我一直不知道那代表什麼意義。

查過網頁的介紹：「佛頭像上的大疙瘩如同髮髻，那是天生的肉質鼓包叫肉髻，如同古代印度的王冠，所以佛是天生的眾生之王。小疙瘩則像一個一個的小海螺，那是佛的頭髮，叫螺髮，青綠色，拉直了很長，一放鬆就捲曲成海螺狀。」

對佛教種種未曾深涉，且網路上虛虛實實，也不敢確定這說法是否為真，但八卦山大佛佛頭的小捲髮，每每看，就像是苦瓜上的顆粒倒是不假。有趣的是，與苦瓜的顏色一樣，那螺髮，也是「青綠色」。

我知道很多人不喜歡那苦味，但不知為什麼，我就是愛吃苦瓜。事實上，我也查過資料，有關苦瓜的功用：「性寒味苦，對心、肺、胃具有清熱解渴、降血壓、血脂、祛斑、養顏美容、減肥瘦身、改善睡眠、增強免疫功能、促進新陳代謝等功效。原產於印尼和歐洲，明代傳入中國的長江流域，以夏季栽培為主。」

夏天吃涼拌苦瓜，對我而言，其實也是一種享受，一掰開那綠色的瓜身，很難不聯想起王安石的〈泊船瓜洲〉：「京口瓜洲一水間，鐘山只隔數重山。春風又綠江南岸，明月何時照我還？」

那綠了江南的春風，就一路綠向了夏日，若再配上豆豉，讓鹹中帶點微苦的滋味，宛如慈悲的佛陀，輕風一般的微笑拂過了胸中丘壑，更是全然透心的清涼。

——二〇一五・七・九，世界日報副刊

蕃茄炒蛋

落霞與孤鶩炒紅了晚天
夕陽霎時像打散的蛋花

燦爛的金黃浮動著粼粼的波光
星子們搶著擠上了黑色的餐桌

詩想

每次跟人家「炫耀」自己的拿手菜，一定會提到三道絕活「蛋炒飯、飯炒蛋、蛋和飯一起炒」，接著也總會聯想到蕃茄炒蛋：「我還會三道名菜：蕃茄炒蛋、蛋炒蕃茄、蕃茄和蛋一起炒」，然後等待朋友的一陣訕笑。

事實上，蕃茄炒蛋，先放蕃茄或先放蛋，（至少）起鍋的形狀是不一樣的，口感也不一樣。

先放蛋的話，通常是先「煎蛋」，待蛋餅成形，用鍋鏟將蛋餅切成碎塊，再將蕃茄放進去炒，這種蕃茄炒蛋吃到的蛋是較為固態的。

如果先放蕃茄，再放蛋，因為蕃茄本身水份就很多，蛋汁混在裡面很難成固態，往往就成為較為稠狀的液態。這種蕃茄炒蛋感覺上像「濃湯」。

前面兩種蕃茄炒蛋我都「玩」過，唯獨「蕃茄和蛋一起炒」這種沒試過，不過，很容易想像，因為兩種食材同時放進鍋，液態的蛋汁和水份多的蕃茄混在一起，成品應該是比較接近「先放蕃茄」那種。

雖然不論是先放蛋或先放蕃茄的方式，我都喜歡吃，不過，若是論「姿色」，我個人的感覺是，先放蕃茄再放蛋，炒出來的菜色較有「個性」，因為，其外觀總讓我想起初唐王勃〈滕王閣詩序〉的名句，「落霞與孤鶩齊飛，秋水共長天一色」。

蕃茄的紅加上蛋的淡黃，乍看之下就像晚霞，在黃昏的天際輕輕抹過。嗜辣的人有時會灑上一些顆粒較大的黑胡椒，就像偶然飛過的點點鶩鳥。

這樣的蕃茄炒蛋，不就像一首黃昏的詩篇！

——二〇一五．九．二十六，世界日報副刊

皮蛋豆腐

一天迷雲，緊盯著大地蒼白
十二月的江湖，顯得寒冷肅殺

刀聲追逐劍鳴，自遠方雜沓趕來
夜色淒然被削成了黑雪，片片灑向人間

詩想

孔子說：女孩成長的良伴是愛情小說，男孩則是武俠小說。（什麼，不是孔夫子說的！那是誰說的？）

對我而言，也是如此。

至今都還記得小學四年級時，看過一本忘了是哪裡出版的畫報（或雜誌），裡面連載了古龍的小說《流星蝴蝶劍》，小說內容其實已記不得了（當然，我後來看過在溫哥華一個電台工作時的老長官——岳華飾演孟星魂，由楚原執導的邵氏同名武俠電影），但一個男子被破窗進入的殺手一劍刺中心臟的插圖，則印象還在。

大概中學時，在書店看金庸的小說《雪山飛狐》，內容完全沒印象，但封面畫著一個男子駕著快馬往前奔馳，後面則是莽莽的雪山，男子回頭望著後面追兵的形象，則深植腦海。

後來，我還為這個武俠畫面寫過一首詩：

這是曠野

我是風雲後的敗卒

不能再忍受所有的刀聲了
喧嚷的江湖，以及
北國的飛雪・凌亂的飛花

一種苦吟
被撥自折翼的歸雁
千種帶血的啼痕
在我的背後
寫下了一些蒼茫
給寂黯的天地

彷佛是那斷了絃的
追殺的聲音
流過兩邊重雪的松林

而仍然是我
在狂馳的馬背上
在急急的風中
奔
走
在萬徑漠漠的寒山下

是不是所謂的「武俠詩」，可能得經嚴格的辯證。但這首少作，應該也算是一首武俠「風格（或風貌）」的詩。這類詩，個人感覺，寫得最好的，是溫瑞安。

舉出少作，目的還是想說，對我個人來講，武俠，一直是我少年的夢想，金庸和古龍，要我來評斷，金庸小說比古龍更適合閱讀，拍成電影的話，還是古龍那帶有懸疑色彩的格調最討人喜。

開始寫「平民菜譜」這一系列，走到「皮蛋豆腐」這道菜時，幾乎沒怎麼思考，即聯想到少年時看到那本《雪山飛狐》的封面——

白色的方塊豆腐如積雪的大地，那個趁亂逃跑的敗卒，則是被刀聲劍鳴追逐著，劍氣將整片夜空不斷削砍，碎末落向人間，就成了那一枚攤軟在豆腐大地上，融合著柴魚屑的皮蛋了。

純粹是用想像來摹寫皮蛋豆腐的外觀，但把少年的武俠夢當做調味料，摻了進去。

——二〇一五・五・二十五，世界日報副刊

麻辣火鍋

孔明神算，拐來東風，公瑾妙計誘出
千萬蝦兵蟹將，盡皆淪落惹火的江面
孟德只得倉惶北走，丟下氣吞吳蜀那豪情
孤另另，卻將千仞石壁，哭成了千年赤壁

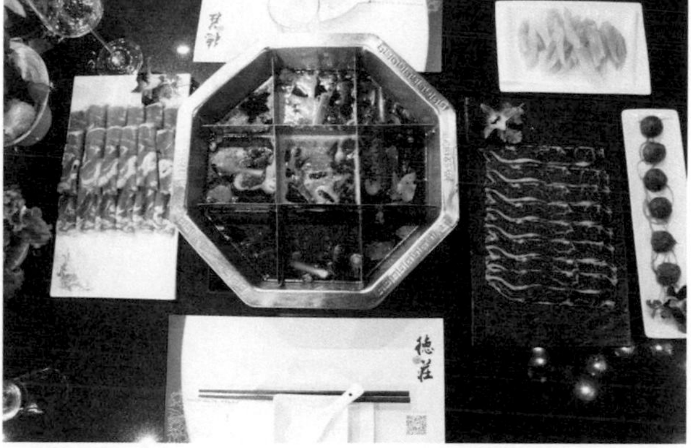

詩想

感覺上，整部《三國演義》，是把劉關張和諸葛亮這一幫人畫在「好人」這一邊，而曹魏就是大壞蛋，孫吳則是中間偏蜀漢。如果依此紋路看下去，赤壁之戰，應是整部小說的亮點，因為，蜀吳聯軍，小蝦米對大鯨魚，以少勝多，以弱凌強，硬是將不善水戰的曹魏打回了北方，從此確立三分天下的局面。

《三國演義》細部確有不少與正史相乖違之處（例如，諸葛亮沒玩過空城計，是趙子龍玩的；曹操根本沒殺過呂伯奢，按最接近事實的《魏書》說法，是呂伯奢的兒子想要劫殺曹操，才被曹操殺了，但曹操沒有殺呂伯奢，更未說過寧負天下人，莫讓天下人負他的鳥話……），畢竟是小說嘛，難免有虛構的必要；但大體上，即使只看正史，對蜀漢來講，赤壁之戰也是諸葛亮領導真正可謂「大獲全勝」的漂亮戰役，此後的六出（一說七出。whatever）祁山，基本上沒有真正的成功，這六出祁山，其實只要有哪怕一次像赤壁那樣的局面，歷史就要改寫了。

中國大陸較早的電視劇《三國演義》，由唐國強演諸葛亮的那一齣，把赤壁大戰那一幕，拍得相當到位，周瑜打黃蓋、苦肉計騙取曹營信任、孔明草船借箭、誘出東風、火燒連環船……乃至戰局底定之後，關雲長華容道縱放曹操的心理糾結，讓觀眾宛如讀了一遍《三國》。

好巧，我喜歡的麻辣火鍋，正是蜀（川）菜的狠角色，每當看到那紅紅火火的油湯，就會聯想到電視劇裡火燒連環船的那一幕，成千上萬不諳水戰的曹營蝦兵蟹將在江水中掙扎著逃生，簡直就像麻辣火鍋中的生猛海鮮！

附帶說明一點，可能是唐國強飾演的諸葛亮，風流倜儻的形象深植記憶，後來吳宇森拍的三國電影找來金城武演諸葛亮，怎麼看就怎麼不像，那倒不如找豬哥亮去演；而我後來更知道，唐國強竟是毛澤東的特型演員，天啊——

「什麼？毛澤東？諸葛亮？毛澤東？諸葛亮？毛澤東？諸葛亮？毛澤東？諸葛亮？毛澤東？諸葛亮？……」這是腦海中冒出的第一個念頭，對不起！反差太大，太太太太太太不習慣了。

二〇一四年二月間，唐國強到溫哥華開書法展（順便提一點，電視劇《三國演義》中需要諸葛亮寫毛筆的鏡頭，全是唐國強親自上陣，不用手部替身），我坦白告訴他，他是我心目中永遠的諸葛亮，很欣喜他告訴我，他自己拍過那麼多角色，最喜歡的也是這個角色，他並且還想自導自演，再拍一遍諸葛亮的三國故事。

啊！真的嗎？害我亂期待的。

——二〇一五・十二・二十九，世界日報副刊

乾煸四季豆

多年之後，仍然不滿時局那些名士，一喝醉
就愛到夕照下擺定棋譜，搖頭晃腦月旦朝廷
詔書密令趕來批殺箭竹叢生的林間，思想
遂如斷枝殘梗，悲劇一般堆滿了大地……

（圖片來源：徐中玲提供）

詩想

讀中國歷史，每每讀到魏晉這個時代，最令我感慨萬千，因為，這短短兩百多年間，只要叫得出名號的名士，下場都不會太好。

余秋雨在〈遙遠的絕響〉一文中寫到這一段，筆下也含著哀傷，總記得他在開頭先臚列了幾個名字，與他們的絕局：

何晏（玄學的創始人、哲學家、詩人、謀士）、張華（政治家、詩人、《博物志》的作者）、潘岳（與陸機齊名的詩人、中國古代最著名美男子）、謝靈運（中國古代山水詩鼻祖）、范曄（《後漢書》作者），這幾人一貫的「下場」都是——被殺。

談魏晉當然不能不談「竹林七賢」。

七賢是阮籍、嵇康、山濤、劉伶、阮咸、向秀、王戎，而竹林的傳統說法，是位於嵇康在山陽的寓所附近。嵇康與其好友山濤、阮籍以及七賢其他四位常在其間暢飲聚會，因而時人稱之為「竹林七賢」。

七人的政治性向分歧明顯。嵇康、阮籍、劉伶等仕魏而對後來的司馬氏集團持不合作態度。向秀在嵇康被殺後被迫出仕。阮咸入晉曾為散騎侍郎，但不為司馬炎所看重。山濤起先「隱身自晦」，但四十歲後出仕，基本全身而退。

政治性向不同，命運也不同，但嚴格上講，七人中僅嵇康算是死於非命，余秋雨在〈遙遠的絕響〉著墨也最多，特別是講他臨死前，向兄長嵇喜要來一把古琴，再彈一曲〈廣陵散〉……那段，相當悲壯。

彈完之後，神曲〈廣陵散〉也如同刀起頭落後噴出的鮮血，從此絕跡於歷史的大地。其實也象徵那個年代的讀書人與名士們，在朝廷的威逼下苟延殘喘或苟且偷安的尷尬情狀。

既有「竹林」，一旦朝廷的大刀揮來，留下的斷枝殘梗，從某個角度看，就像是橫七豎八的四季豆，更像是不見容於當權者的思想理念，癱倒在餐盤上；但流溢出來的，卻是千年未曾消散的油香……

比喻有點俗，但寫這首詩的心情卻很沈。

——二〇一六．一．二十一，世界日報副刊

蠔油芥蘭

——給眾神

許多綠色陽光般的心事
一落入凡間，難免便滲入了些些愁緒
你的不捨，是鋪在坎坷大地的醬汁微甜
化那苦澀成甜夢悠然飄出密林，游向天涯

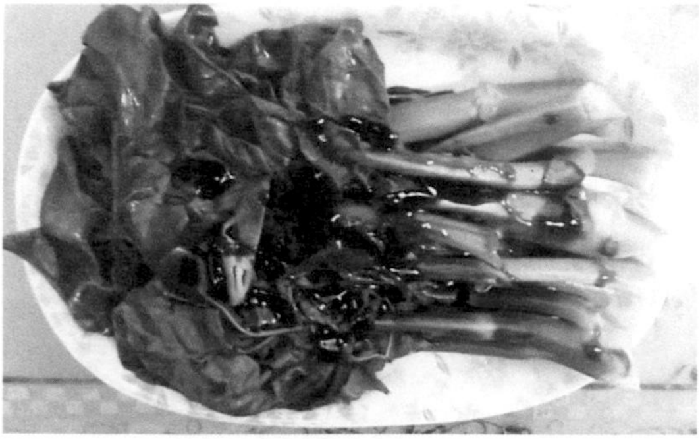

詩想

所有宗教的創始者，不論是耶穌也好、釋迦牟尼也好、穆罕默德也好，他們帶領信眾所信仰的神祇，叫上帝也好、叫佛也好、叫真主阿拉也罷，在教義的引領下，都是能幫助信眾忍受並度過苦難，過上好日子的「力量」。

這力量，肉眼當然看不見，是無形的，往往顯現在受苦的人民當中，在幸福的民眾當中，祂有可能是一種監視的力量，督促著人們不要做壞事。所謂「天道酬勤」、「人在做，天在看」裡的「天」，就是邀集各方神聖而得來的一種無形力量。

記得有一次與詩人瘂弦聊天，他指出，中國的神祇為什麼那麼多，原因就是「中國人太苦」了，所以，需要「創造」很多神，來保護自己，為辛苦的生活因想像（有神明庇佑），而對未來滋生希望。

這些神，與基督教佛教和伊斯蘭教一樣，既是人們「創造」出來的，與其說真有其「神」，倒不如說，祂們是一種精神力量，或是用來寄託心靈的一種信仰。

這些「神」到底管不管用？

我認為，你信，祂就會管用。林書豪是虔誠基督徒，他於二〇一二年上演的「林來瘋」大戲，從基督徒眼中來看，無異是上帝在他身上顯現的「神蹟」。

如果你不信「神」，也可以找到支持的例子。近年不少組織打著宗教或者「聖戰」名號，發動恐怖攻擊、殺人如麻，用來恐嚇全世界，以達成自己想要控制世界的私心和目的，還在佔領的土地上，肆意摧毀古蹟（特別是與宗教相關的建築或殿堂），卻沒人能奈他們何……！你說，在聖殿崩裂那一刻，神在哪裡？天理在哪裡？日本作家遠藤周作的小說《沈默》，也針對類似的情境提出了相同的質疑：「主啊！你為何沈默？」

然而，我的看法是，神（或說是一種無形力量）是有的，祂在某些情境下，無法帶給所有人幸福，也是可能的，但絕大部分時候，若人們遭遇不幸，而期待「神蹟」，這期待的過程中，會讓人感到心中平靜，在平靜中去思考或想方設法解決面前的問題，這本身就是一種「神力」。

芥蘭本身就是苦的，如同人世，而淋上了蠔油之後，儘管嚼在口中，仍難免還有一點苦味，但最後飄出的，還是那種蠔油香，早已把芥蘭的苦味融化於無形。

有趣的是，我查閱維基百科「蠔油」的條目時，看到這一段歷史：

蠔油是一八八八年於中國廣東省香山南水鄉由李錦裳意外發明，因為他原本烹調蠔肉給餐廳客人，但忘記了關爐火，白色的蠔汁在鍋裡濃縮成咖啡色，可是品嚐以後，效果出奇地好。他創立的李錦記也繼續將蠔油及其他中式調味料推廣至全球。

讀下來，就像是讀一則「神蹟」似的。至於是哪一種神呢。灶神吧！

——二〇一五・十二・十二，世界日報副刊

台南肉粽

行吟完畢，也哭累了！那人把詩脫掉
無限委屈地躍入江中，九歌啊離騷呵
都被粽葉裹成淒楚的歌謠，餘音委婉
飄向南方之城，而且包融了海的味道

詩想

中國三大節日，春節、端午和中秋。所代表的食物，年糕、粽子和月餅，我最喜歡的是月餅，年糕其次，粽子最引不起我的興趣，唯一的例外就是台南肉粽。

我喜歡台南肉粽內的瘦豬肉加上水煮花生帶出的口感，一顆鹹蛋黃，又逼使留在唇間的油膩減去不少。

我很不習慣廣東式的肉粽太多肥肉，鹼粽沾白沙糖還ＯＫ，就是有點麻煩，不沾白沙糖，就沒那麼好吃了。至於新式的什麼茶粽藥膳粽之類，花俏則花俏，但過於濃厚的茶味和藥膳味，卻把粽葉包裹出的香味消去了不少，不像吃粽子。

在系列的「平民菜譜」，十六首中，特別把台南肉粽挑出來寫，說明我對這款粽子的鍾愛。還記得有一次在溫哥華華埠（Chinatown，又稱唐人街）採訪後，趁空檔在附近超市買了兩顆台南肉粽，找了一個商場內的「情人座」上獨享，大概是我的吃相太難看了，惹得很多來來往往的遊客猛盯著我看，嗯！就是感覺那對粽子特別美味——彷彿我度過了人間最優閒的時光。

這首〈台南肉粽〉第一段，如果瞭解端午節源起的人，應該不難瞭解寫的是誰。當他躍入江中那一刻，不管寫過什麼詩，對他都已無意義，所以我用了「把詩脫掉」來形容他臨死前無比哀怨的剎那。

第二段指的是，粽子這玩意兒從屈原所在的楚地（我用「淒楚」，一方面諧音，一方面諧意），經千年的演變，子孫跨海繁衍到了台灣，成為台南肉粽，當然有了海的味道啦！

祝大家年年都有端午過，年年粽子吃到飽，幸福到永遠。

——二〇一四・十二，野薑花詩集季刊，十一期

二〇一五・六・二十，世界日報副刊

廣式月餅

歷史總有方有圓，祕密就藏在
內餡那千般的滋味，等著改朝換代

皓月當空，依然映照人間像似提醒
裡面還窩著一道，盛唐的鄉愁

詩想

中國三大節日（新年、端午和中秋），都有代表性的食品（新年／年糕、端午／粽子、中秋／月餅），其中，我最喜歡的是月餅。

月餅算不算「菜」？可能很多人持反對意見，但，做為月餅的死忠擁護者，即使沒有三餐不繼的問題，若問我願不願意早餐、午餐或晚餐至少有一餐只吃月餅，告訴你，我的答案與新人給證婚的法官或神父制式答案一樣：我～願意～～

因此，我特別將月餅也列入「平民菜譜」系列。

市面上可見的月餅種類，一般叫得出名號的大約有台式月餅（或發展出來的綠豆凸）、蘇式月餅（蛋黃酥也算是徒子徒孫）和廣式月餅。這三種月餅中，我最不喜歡台式月餅，因為餡裡總會有豬肉，從小被父親逼著吃豬肉長大的我，對豬肉，尤其是肥肉相當排斥。

蘇式月餅（發源於揚州，本名叫酥式月餅，因系出江南，以訛傳訛之下，就傳成了蘇式月餅）有點像台式，但台式月餅的面皮較白，蘇式月餅基本上是酥油皮做成，但是習慣將皮沾上芝麻，壓扁，且一面烤熟後，翻面再烤。所以口感脆香（芝麻香）。

蘇式月餅大部分都是單一口味，但也可以變化出許多花樣，有的蘇式月餅是綠豆餡，再加上肉鬆或火腿，口感就與台式月餅很相近，都是甜中帶鹹那種，但因為沒有肥豬肉，我還算能夠接受的。

有些人（好吧！就是我！）會把台式月餅和蘇式月餅搞混，唯有廣式月餅，一看就知，因為它有個特點，就是外皮的「花紋」很別致，也可以刻上字，我最喜歡的還是它。

喜歡廣式月餅，其實還有一個原因，它飽含著我對歲月的眷戀。

小時候住在后里的眷村，每到中秋節，我們的月餅都是零買的，因為可以吃好多種口味，當然，大部分還是烏豆沙，再穿插牛奶、伍仁、巧克力、豆蓉、鳳梨（口感反倒像現在的鳳梨酥）……，那時候的月餅，就是圓圓的，很久以後，我才知道，這種月餅就是廣式月餅，不同的是，當年的月餅不像現在的廣式月餅，面上會刻口味名稱，而是以花型的包裝紙標簽標示。

有很長一段時間，我觀念中的月餅就只有這種，儘管那時鄰居長輩也會送白面皮，裡面包豬肉的那種台式月餅，但因為我討厭豬肉，就認定，廣式月餅才是唯一的月餅。

對我們小蘿蔔頭來講，吃廣式月餅還有個「好處」，就是可以收集剛剛提到，那夾在透明紙包裹的月餅，上面寫明著口味，如紙牌的花型標簽紙，然後到學校與同學交換，以爭取手邊有更多不同種類的月餅標籤。至於收集最多種類的月餅標籤紙有什麼好處，恕我無罪，真忘了。

談到與中秋月餅有關的傳說，最有名的當然就是「八月十五殺韃子」了。據說元朝末年，漢人受不了蒙古人（韃子）的殘暴統治，朱元璋揭竿反元，但元軍控制嚴密，義軍無法傳遞消息，適逢中秋節將至，劉伯溫獻計，在中秋節互贈的月餅裡面夾著寫有「八月十五殺韃子」（有此版本作「月圓殺韃」）的字條藏在月餅裡分發給其他人，紛紛約定在八月十五那天起義。

很多年以前，我曾想過，如果這紙條真要放進月餅裡傳遞，是哪一種月餅最適合；我私下給的答案還是，廣式月餅吧。因為台式和蘇式的皮容易碎裂（當年應該還沒有台式的），若沒處理好，一個不小心，就會散掉，將餡裡的祕密露出，讓收餅者遭殺身之禍。

但廣式月餅，能視情況把麵外皮加厚，只要麵皮的豬油上得夠，烘焙時就不容易燒裂，而足夠的火候烘烤完成後，也能讓外皮咬起來相當鬆脆，有嚼勁，又沒有「露餡」的危險。

當然啦，這是我的胡思亂想，因為「月餅反元」一直僅止於傳說，未見正史記載，事實上，若要認真考究中秋吃月餅的來歷，起碼可以推溯到唐朝軍隊祝捷食品。

話說唐高祖年間，大將軍李靖征討匈奴得勝，八月十五凱旋而歸，當時有經商的吐魯番人向皇帝獻餅祝捷（拍馬屁）。高祖李淵接過華麗的餅盒，拿出圓餅，笑指空中明月說：「應將胡餅邀蟾蜍。」說完把餅分給群臣一起吃。

高祖之後的整個唐代，民間已有從事生產的餅師，京城長安也開始出現糕餅鋪。據說，有一年中秋之夜，唐太宗和楊貴妃賞月吃胡餅時，唐太宗嫌「胡餅」名字不好聽（或因為「胡」字有貶意吧），楊貴妃仰望皎潔的明月，心潮澎湃，隨口而出「月餅」，從此「月餅」的名稱便在民間逐漸流傳開。

基本上，在我觀念中，這個月餅附會「殺韃子」的故事，其實與粽子是因百姓感念投江的屈原，做來餵魚，好讓魚不去吃屈原屍體的故事一樣，都是瞎扯，相信目的還是在教忠教孝（有些地方是借端午來紀念另一個吳國忠臣伍子胥的），而「殺韃子」的潛台詞還是大漢沙文主義（堂堂中華大地，豈容外族染指），嚴格來說，是不足為訓的。

不過，坦白說，對好吃如我輩者，月餅要附會什麼樣的故事都不重要，重要的是，它做得好吃一點就行了。

現在的廣式月餅，比我小時候做得精致，造型除了過往的圓型，還有方型，上面還能刻字或花紋，赫！不就是歷史嘛，千變萬化的，哪有順遂的時候，再怎麼發展，總會碰到像北宋末年的「方」臘農民起義，或者像蒙「元」（圓）這樣不把百姓當人看（否則還分什麼階級）的統治者的坎兒。

比喻或有些牽強，歷史卻是有些無奈。那麼就回到李白的詩〈靜夜思〉裡去吧，「古人不見今時月，今月曾經照古人」，我們與李白當年舉頭時看到的，都是同一輪明月，離鄉的，就讓鄉愁伴君入口，沒有鄉愁的，恭喜，就快快樂樂，當個擁有小確幸的吃貨吧！

——二〇一七．五．十三，世界日報副刊

年糕

冬去春至，你們又回來了，而我還在
還是你們記憶中的味道，當流年偷換

在爆竹聲和嬉鬧之間，我驚見你們的
夢想越飛越高而我的掛念，卻已老了

詩想

人過了中年，有三方面，讓我對時間特別敏感，一是親友長輩和你熟識或認識（知道）的人（包括公眾人物）一個一個故去，父親三年前大去後，雖然家族中還有多個長輩健在，但於我而言，已猶如一代人的遠去了。

文壇我熟識的商禽、辛鬱……、甚至娛樂圈的陶大偉、高凌風、李麗華……的過世（透過媒體的報導），都會讓我想回頭多望望身邊的人。

第二方面，由於自己喜歡運動，會特別關注四年一次的奧運，但從某個角度看，它彷彿時鐘上的指針，還沒回過神來就跳過一格。

當里約奧運來到時，一晃眼，北京奧運好像才是昨天的事，啊不，我竟忘了中間還隔著一屆倫敦奧運。二〇一〇年溫哥華冬奧，全報社只有我一張文字記者證，兩個星期跑得很過癮，但也忙到覺得時間過得很慢，哪知道如今，連索契冬奧（二〇一四）都已過去一段時間了……

第三個勾發我對時間敏感的，跟大家一樣，當三大節日的端午和中秋逐一向我們道別後，跟著就來到承接一年的結束和新的一年開始的農曆春節，這時節一來，我就要去探望一年不見的：年——糕——了。

先吊個書袋吧，年糕的起源。

春秋時代，吳越在今天的江浙一帶爭霸，吳國大夫伍子胥，被受到佞臣讒言所惑的吳王夫差賜劍自刎而死。傳說伍子胥死前囑咐親信：「老夫死後，若國家有難，民眾缺糧，你們到相門城牆挖地三尺，就可以得到食糧。」

伍子胥死後，越王勾踐知道了，趁吳國失去主將之際，進攻吳國。夫差連吃敗仗，都城被困，城中糧盡援絕，軍民餓死一堆。

親信記起伍子胥從前的囑咐，便急忙召集鄰里一起來到相門外掘地取糧，當挖到城牆下三尺深時，發現城磚是用糯米粉做的。

頓時人們激動萬分，紛紛朝著城牆拜謝伍子胥，這些糯米粉救了全城老百姓。此後，每逢過年，家家戶戶都用糯米粉做「城磚」（就是最早的年糕樣子。）供奉伍子胥。久而久之，便被稱作年糕了。

浙江寧波一帶民間有「年糕年糕年年高，今年更比去年好」的俗諺。人們還用年糕印板壓成「五福」、「如意」等等形狀外觀，象徵「五福臨門」、「吉祥如意」等等。看來，包括年糕的發源和「年年高升」字面意都與浙江有關，而今天中國出了名的慈城年糕，也在浙江。

但奇怪的是，不像端午節的粽子，其實是不分春夏秋冬，都買得到、中秋節的月餅，在其他時候，也會巧扮成類似產品（如綠豆凸、蛋黃酥，甚至結婚喜餅）進入我們的視線，唯有年糕，大概除了浙江慈城平時容易買到之外，其他地方，真的只有春節前後才看得到（不論是市面還是自製）。

所以，每當我逛市場在販售架上看到久違的年糕時，心頭總不免會咯噔一下，然後暗自感歎：「時間真是把殺豬刀啊！又是一年了。」而每次看到市面上的年糕，思緒總會按往例，跑過來牽著我回到孩提，陪著媽媽做年糕的光景——

小時候過年，家裡的年糕都是自己做的，媽媽會在一個月前，就和隔壁姚媽媽一起做，將糯米粉、麵粉與適當的水和豬油摻和在一起，加白糖或紅糖（有時再加紅豆），放進一個大鐵盆中以徒手方式攪成（米）漿，有時候我們小屁孩吵著要玩，媽媽拗不過，就會讓我們幫著打漿。

攪得差不多了，軟軟的麵糊就鋪裝在蒸籠裡放到磚灶上去蒸，要蒸多久，我差不多忘了，好像滿久的。蒸完後，再將它放涼變硬，就是年糕。有時媽媽還會將年糕切成條狀，晴天時拿去曬乾，給我們當零食。

正如江浙俗諺講的，「年糕年年高」，主要是「糕」與「高」諧音，吃年糕就有希望「年年高升」的意思，然而，對於一個成長中的少年或青少年來說，這種「高」指的，與其說是事業上的升遷，還不如說是一種夢想。

有人幸運，小時夢想大時成真，有人是另一種，小時夢想大時轉個彎，或許成就更大，也不壞。不論是哪一種夢想，也不論是否如願成真，回過頭來看，那年糕不就像親人，一直在家中等待著遠行的我們回來。

於是，從春秋到戰國、復經秦漢魏晉唐宋元明清，那年糕守候過一代又一代，到今天，超過兩千年了……等過了我們這代，想必還會再為下一代又下一代繼續守候……

就這樣，也把我對歲月如梭的卑微感慨，一下子拋進更為浩渺的天地裡去了！

——二〇一七・一・二十九，世界日報副刊

輯二

無弦琴譜

我的父親母親

之一・輕喟

父親像一首出塞曲，總愛縈繞在我
每夜讀書的窗口，許多懷鄉的情愁
都隨季節的嬗遞而益加蒼茫了……

詩想

很慚愧，直到父親大去，才發現，我為父親寫的詩竟是如此之少，翻遍了舊作，才在一組三行詩中，找到這首〈輕喟〉。

「出塞」本是唐代詩人寫邊塞生活常用的題目，如王昌齡的「秦時明月漢時關／萬里長征人未還／但使龍城飛將在／不教胡馬度陰山」。席慕蓉也依據這樣的思維寫下她的〈出塞曲〉（盡管她後來承

認，蒙古就是她的故鄉，詩題應是〈還鄉〉而非〈出塞〉，見二〇一四年十一月二十日聯合報修瑞瑩報導）。

父親少小離開廣東蕉嶺的老家，跟著軍隊走南闖北，一九五〇年代隨軍隊從海南島撤退到台灣，在我眼中，父親本身就是一首出塞曲，在國共內戰中，他選擇了某一邊，隨歷史遠戍到大陸之外的島嶼，最後，仍無法選擇命運。

然而，隨著一年一年過去，十年十年走來，終於等到了兩岸開放。開放之初，父親回過幾次蕉嶺，但人事已不完全是他離家時的人事了，他的父母早已成為祠堂牌位上的名字……

父親過世前幾年，因為種種因素，未再回到少年的故鄉，做為子女的我們，好幾次想再陪他走一趟蕉嶺，他總推說怕痛風老毛病再犯，弄得遊興大失，要不就說，很怕飛機起飛或降落時，耳朵因氣壓的驟變而不舒服……

父親在蕉嶺的家人，雖然還有一個姐姐和兩個妹妹，但父親從小就比較常與唯一的弟弟玩在一起，家族中，兄弟倆的感情也最好。奈何因國共內戰而於一九四九被世局分隔兩岸，再相見竟是四十年後，父親印象中那活潑的小弟已是白髮蒼蒼、經歷過動盪、滿臉寫著滄桑的老人，唯，再見面時，就像是再次開封的陳年好酒，感情顯得更加醇厚。

只是，在台灣生活了超過半世紀，父親的根早已牢牢抓住了這裡，回蕉嶺，其實就像是旅遊一樣，總還要再回到台灣，與先來後到的台灣人民一起呼吸繼續生活；復因叔叔在跨進二十一世紀不久，就罹癌過世，之後，父親對於回大陸這事兒，便顯得意興闌珊了！

半個多世紀前的「他鄉」（台灣），半個世紀後，成了真正的故鄉。那個年代，他「出塞」來台灣，到後來，他到廣東探親，再回台灣，卻是「還鄉」，而廣東那塊故鄉，也就真的是「故」鄉了。

父親從未告訴過我們，他如何看待這兩個故鄉，想是如人飲水，冷暖自知吧。命運如此，為之奈何？

在寫這首詩時，我心中想的，大約也就這麼多：少年故鄉的形象在父親那一代人的記憶中，隨著時光無情的流逝，早已變得模糊，而且蒼茫了。

世局在變，人心在變，夢想，也會變。

我也許不瞭解父親，但，我瞭解做為遊子的父親，因為，如今啊，我自己也是遊子了；在面對生我養我的故鄉時，那感覺是熟悉或者陌生，竟已逐漸恍然。

之二・傷逝

我們為母親整理衣裳
她要去旅行，地點是陌生的國度
三十年前從印尼，經香港到台灣
結婚、生子，陪著我們長大
從未出過遠門
這次她得一個人走
仔細地，我們為母親翻找她最愛的衣裳

我們為母親整理衣裳
她好愛那款淡紫色旗袍
有父親久違的愛情
有六〇年代的流行與風華
而那件咖啡色大衣
是十多年前故去外婆嫁女兒的心情
我們為母親翻找她記憶的衣裳

我們為母親整理衣裳
「去最美的地方，要穿最美的衣裳。」
我們嬉笑著逗她
「我知道，可是……」
母親流著淚：「我捨不得，放心不下！」
但是……
沈默地，我們堅持為母親翻找她熟悉的衣裳

我們為母親整理衣裳
差點忘了她那青春亮麗的洋裝
少女的夢都編織在上面
一襲深色尼龍外套，驀然想起六歲那年
我看見她穿著，奔進風雨交加的夜裡
為我帶回一盒甜蜜的巧克力蛋糕
我們為母親翻找久年的衣裳

我們為母親整理衣裳
知道她總愛漂漂亮亮，這次遠行
她會去眾神的居所
有牛奶的河與鮮果鋪綴的大地
我們圍繞在她身旁，滿心歡喜
卻又如此難捨
輕輕地，我們為母親換上她心愛的衣裳

啊！我們擁有一位最美麗的母親
她在水溶溶的月光裡，踏上旅程
帶著我們綿長綿長的思念
與千千萬萬的祝福
悠然中
依稀見她頻頻回首
一天花雨，遂叮嚀般落了下來……

詩想

母親一九三八年出生於印尼蘇門答臘的巨港（曾是印尼的石油產地），當時印尼還是荷蘭的殖民地，一九四五年，印尼在蘇加諾（Sukarno，一九〇一年至一九七〇年）的領導下脫離荷蘭獨立建國，蘇加諾順理成章成了印尼的第一任總統，也成了印尼的國父。

搞不清楚他跟華人有什麼樣的糾葛。一九六〇年前後，蘇加諾發動了一次大規模的排華行動。這次排華行動，名不見經傳，世界史中也很少提及，母親曾告訴我，蘇加諾下令要趕走華人時，中華人民共和國已成立，並與中華民國分據台海兩岸，蘇加諾倒是並未強迫你要往哪裡走——只要離開印尼，愛去哪去哪。

外祖父母遂帶著十三個子女（母親排行老二），一家十五口乘船經香港到台灣，母親並未提過，是什麼因由讓外祖父選擇了台灣，但她倒是提過，有兒時的玩伴選擇去中華人民共和國，當海上的旅程結束後，還要再跋涉那動亂的環境和年代。

由於這次的排華行動，是和平進行（遣送華人的船隻也是印尼政府出資雇用），比起一九六五年陸軍將領蘇哈托（Soeharto，一九二一年至二〇〇八年。

後來當上第二任總統）血洗印尼共產黨，並處決了黨內不少華人的「九三〇事件」，和一九九八年以民間為主、軍方也參與攻擊華人，導致成千上萬個華人被殺害的「黑色五月暴動」來講，母親一家被捍出印尼，今天來看，算是幸運的，但嚴格說，一九六〇年的排華，正是印尼後來幾次排華運動的序曲。

由於印尼對華人和華文教育的敵視，加上家中食指浩繁，母親未能受太多教育，但為了給外祖父母減輕養育那麼一大家庭的負擔，母親倒是念完了一所職業培訓學校的裁縫專業，還在一九五八年以優異成績通過了巨港那邊舉行的裁縫考試，獲得證書。

證書上有母親二十歲的照片，年輕的臉龐，透著陽光一般的神采。

因為學過裁縫，母親製衣裁衣的手藝一流，同時，也是為了省錢的理由，我和弟弟妹妹小時候所穿的衣服，除了學校規定的制服，幾乎都是媽媽親手縫製。母親自己的衣服，像旗袍這種正式禮服（對那個年代而言，女人的旗袍就如同男人的西裝一樣，平時難得一穿），雖然還是得找成衣店訂製，但一些小的縫補，母親還是會親力為之，而她更愛為自己裁製洋裝和日常的服飾。

記憶總會帶我回到那一年大年初六凌晨，在與癌細胞鏖戰多年後，母親像個疲憊的戰士，倒了下來。

終於發現伴著我們成長的母親就這樣走到人生終點，心思相當慌亂，而護士則淡定的叮囑我，趕快回家去拿幾套母親生前最愛穿的衣服，好陪伴母親到另一個世界。

我惶惶然跑到熟睡的大街上攔了輛計程車回家。

打開衣櫃，衣服們像是知道了母親辭世的消息，哀戚地瑟縮在衣架上，但每一件都想告訴我，它們與母親之間的故事，彷彿想繼續陪伴母親似的……

我與它們對望了許久，傾聽很久也靜默了很久很久……唯這首詩，就獨自窩在月光照不到的角落，輕聲啜泣！

二〇一六・五・二，聯合報副刊

印尼排華事件之補充

〈我的父親母親〉在聯合報副刊刊出後不久，一位戴先生針對文章提到的印尼排華歷史提出了他的補充，深覺獲益匪淺，也促使我查找更多相關的史料和資料，並提出我的回應。這段歷史對我們了解當年台灣（中華民國）與印尼之間的糾葛甚有幫助。有必要為讀者整理做補充。

坦白說，母親生前沒有跟我提太多當年印尼排華的事，拙文有很多部分我僅憑記憶寫下，寫作時未顧及是否符合史實，或難免疏漏。

依據玄奘大學海外華人研究中人夏誠華論文〈待宰的羔羊：一九六〇年前後印尼華僑華人的處境〉，印尼「非和平」排華其實早在一九四六年六月，荷蘭軍與印尼軍在離雅加達以西二十七公里的一個華人居住區文登（Tangerang）交戰時即已開始，印尼軍撤退時便對華人大肆劫掠，使得華人對獨立軍相當反感，八年抗戰才結束不久，當年的中華民國政府也只能與荷蘭軍周旋，而與蘇加諾帶領的獨立軍保持距離。

一九四九年十二月，印尼獨立政府正式從荷蘭政府手上接管政權後，蘇加諾對中華民國政府（不願明確支持獨立軍）心懷怨懟，便在一九五〇年四月與成立不久的中華人民共和國政府建交，自此開始親中共。

一九五八年二月，蘇門答臘發生革命，連串的陰錯陽差（考慮篇幅，茲不贅述），使得印尼政府誤認中華民國政府支持叛軍。該年三月，印尼民眾甚至氣得將華僑學校的中華民國國旗拉下。同年五月，在中共的幕後運作之下，印尼政府逮捕了親中華民國的僑領十人，後來各地政府響應，前後拘捕了五十個僑領。

最早逮捕的十人，被稱為「十鬥士」，有馬樹禮（曾任中國國民黨秘書長），當時擔任中華商報社長、中山中學校長李劍民等人，還包括我的一個太叔公徐琚清，到台灣後，徐琚清曾任僑委會某處處長，後來移居溫哥華，於一九九八年辭世，我還參加了他的告別式。

後來在中華民國外交部函請美、日、菲、泰等國政府的疏通下，被抓捕關押的僑領才於一九六〇年農曆大年初一全部釋放，當時印尼政府答應放人的條件中，包括中華民國「聲明」可接受自願回台之僑胞，我外公外婆就在這時登記來到台灣。

當時的排華行動，在僑領那個階層雖然不「平靜」（都抓了人關起來），但在僑胞這個階層，則相當平靜，全都是在印尼政府「鼓勵」下來到台灣（當時也有人選擇留在印尼發展，同時中共也進行「撤僑」行動，船資免費，吸引了不少人回到大陸）。

我訪問過一個長輩夏媽媽（后里眷村鄰居），她是一九六〇年九月從雅加達乘船到台灣，當年她和哥哥姐姐一家十幾口選擇到台灣，夏媽媽說，她離開確是因為印尼的歧視華人（其實，當時她有親友選擇留下發展，後來事業精進成富者），變賣了家產後，每個人支付了三千元（印尼盾）買船票。（拙文提到印尼出資雇船，顯然是我弄錯。）

不過，到台灣之後，台灣政府給了他們每人台幣三千元（十二歲以下孩童則是每人一千五百元）的安家費，只是，工作要自己找。

看起來，中華民國政府似乎很「無情」，給了你三千元，就得自己想辦法活下去；但，要知道，當年一般「敢」選擇到台灣的，通常都是已有或遠或近的親戚在台灣代為打點抵台後的初步生活（找住房、辦證件等等），夏媽媽和我母親的情況都是如此。

再者，這三千元，以當年台灣的生活水平，已算相當優渥。夏媽媽說，她到台灣後，找到一間紡織工廠當女工，日薪是八元，假設每月不休假，工作三十天就是二百四十元。如果以此為溫飽的基準，那麼即使沒有工作，政府給的三千元起碼可過上一年還有剩。

一九六〇年的中華民國政府對待從印尼「被離開」到台灣的華人，今天想來，還是相當窩心的。

二〇一六・六・五，聯合報副刊
（因篇幅所限，刊出時有刪節）

忍冬花傳奇

四、

我獨自走過日落的大地
千萬張面孔在我身邊顯現復又消失
總是夢，在引導每一隻卑微的眼神

七、

我們的生存充滿了輝煌與寂寞
整個宇宙以兆億年的廣寒守候著我們
這世界多麼孤單啊！

十二、

三兩座傾圮的碉樓，斑駁的路
每夜，東風會準時呼嘯過大西北的草原
幾隻遊魂不禁醉倒在充軍的一紙告示下

十三、

最後的人類群集在孤高的崖上
失魂落魄地望著陽光與夢逐漸遠去
主啊！這世紀蒼茫得令人泫然

十六、

那人一步一跪地頂禮膜拜
遙遠的山頭，一座莊嚴的聖殿
誘引著整座高原緩緩將他包融

十七、

成群結隊的蝸牛沿著鬧市爬行
高明的政客們鎮定地指揮他們
朝天邊夢一般的樓閣尋覓過去

十九、

一列車寂靜地駛過無邊際的冰原
許多旅人的夢在車廂裡憂愁地游走相遇
並且，不時地互相探問：哪裡才是終站？

詩想

母親過世的頭兩年，我的心情感到特別沈悶，覺得做為一個「人」，無法擺脫很多宿命，終有一天會與我們最愛的人分開，不是他們離開我，就是我離開他們；終有一天，我們會與這個世界分開，不是世界離開我。就是我離開他；終有一天，我們要與命運做最後的對決，不是它輸，就是我亡；終有一天……

在苦悶的心情下，寫了一組共二十首的三行詩，率皆是對命運的控訴，向讀者控訴，盼讀者能夠站在我這一邊，判決命運無期徒刑，關押到大牢去，永不得翻身……

但這一切畢竟都只是妄想。

我知道！所以，它們只是詩。

詩前有一「引言」，我從辭海中找出來的，「忍冬：忍冬科，蔓性小灌木，葉卵形，全邊，對生，凌冬不枯，故名忍冬。初夏，梢上葉脈，開長筒狀合瓣花，最初色白後變淡黃，花冠脣形，五裂，不整齊，有佳香，花後結實，圓形黑色，大如豆粒，葉及花之乾者，皆供藥用……」

「凌冬不枯」、「不整齊，有佳香」、「供藥用」是這一組詩最終想要表達的……呃！算是精神吧！

二十首中，我挑了這七首聊聊。應該都很好理解。

〈四〉寫的是人類的卑微，只有夢，是帶著我們往前走的明燈，這讓我想起以前一句很有名的廣告詞：「人類因有夢想而偉大」，這首的意念似乎正好相反，「因為夢，更顯人類的卑微」。

第〈七〉就是地球，在整個宇宙中其實就是很孤單的。很多人相信，宇宙幾千億顆星球，不可能只有地球才有高等生物；例如，二〇一六年八月間的一則新聞說，由三十一位科學家組成的國際團隊，經過十六年的觀測與資料搜集，在鄰近太陽系的半人馬星系內，發現一顆類似地球的行星（命名為Proxima b）。為人類尋找外星生物和宜居星球帶來新希望，也是研究太陽系外生命的起點。

這是一九九五年以來發現的三千五百顆系外行星中，最接近地球的一顆。專家指出，佈滿岩石的Proxima b位處「適居帶」，因氣溫溫和，表面可能有液態水，孕育生命。

好吧，就算那星球與地球一樣適合人類居住吧，但你知道它有多遠嗎？答案：四．二五光年（約四十．三七五兆公里）。若以現在的技術，從地球出發到Proxima b需花上三萬年。

更何況，就算去到了Proxima b，也才知道究竟是否適合人居。萬一不適合怎麼辦？再用三萬年灰頭土臉的回來？

於是這一首三行詩，也就像是在呼應另一派說法，「別想那麼多啦，整個宇宙，就只有地球有高等生物，不要去想有沒有外星人」。那麼就好好珍惜我們居住的這個星球吧，比較實在。

第〈十二〉是表現命運被國家機器操縱的無奈。古代一紙「充軍」的告示，就能讓人妻離子散，如果遠戍邊塞，很可能就是永遠埋骨荒野，「可憐無定河邊骨，猶是深閨夢裡人」。

我們期待永遠，永遠不要再有戰爭。

〈十三〉與〈七〉的意念有點相似，人類在宇宙中是很孤獨的，如果不懂得珍惜，失去了就失去了。

最後的人類，活得很「孤高」，但陽光與夢都逐漸遠去了，活著的意義還能在哪裡？

〈十六〉的意象來自藏傳佛教的信徒，會從很遙遠的城市或鄉鎮，一步一跪一頂禮地，到布達拉宮朝聖，其實也象徵人類的渺小，高原將那人包圍，從空中俯瞰下去，什麼都看不到了。

〈十七〉，懂得台灣政治的人，就會心領神會我要表達的是什麼了。

〈十九〉的意象是苦苓所贈。多年前我跟苦苓同在中學任教，常在一起切磋詩，有一次他寫了幾句，大意是在一班夜行列車上，不多的乘客在各自座位上打瞌睡，他們的夢紛紛游出來，在車廂內彼此邂逅——

但苦苓沒有寫完，說要把這意象送我，我就一直擺在心上，直到多年後，我寫這組「忍冬花傳奇」，將苦苓的意象搭配一列孤獨駛在冰原上的列車，這些夢相遇後，唯一的語言就是：哪裡才是終站。

用來象徵生命沒有終站，這一站有人下車了，總還有人上車，然後在另外一站下車後，又會有新的一批乘客上來……

想通了這些，若能獲得解脫，「忍冬花傳奇」不啻就是一味解「藥」了。

（這一組詩，曾獲得一九九二年藍星屈原詩獎佳作。）

附　忍冬花傳奇（全）

忍冬：忍冬科，蔓性小灌木，葉卵形，全邊，對生，凌冬不枯，故名忍冬。初夏，梢上葉脈，開長筒狀合瓣花，最初色白後變淡黃，花冠脣形，五裂，不整齊，有佳香，花後結實，圓形黑色，大如豆粒，葉及花之乾者，皆供藥用……

一、

彷彿所有的哀愁都糾結在窗外
不屬於這個季節的椰子樹上
孤獨在窗裡，遂慢慢暗了下來

二、

風寒襲捲了這個城市
我們畏縮在一隅飲人世的蒼茫取暖
那熟悉的燈影猶自在遠方模糊地閃爍著

三、

許多路蜿蜒在我們四周，但是
沒有一條通向我們所深諳的地域
啊！我們只能惶恐佇立，在宇宙的邊緣

四、

我獨自走過日落的大地
千萬張面孔在我身邊顯現復又消失
總是夢，在引導每一隻卑微的眼神

五、

新的冷氣壓帶出了整個冬天的蕭索
在草原上，仍然是那些默默開放的梅花
啊！默默地見證這世界的寬衷與寂寥

六、

今年第一朵聖誕紅開得早了
正獨自以喜悅迎接隔壁教會的詩歌
慣於流浪的我遂不禁溶入了這片迷濛

七、

我們的生存充滿了輝煌與寂寞
整個宇宙以兆億年的廣寒守候著我們
這世界多麼孤單啊！

八、

許多落葉沿路鋪向有瀑布的那頭
剎那間我被滿山的寂靜擁抱住
啊請讓我冥目，享受這冬日晴暖的一刻

九、

多麼希望那聖嬰會再次誕生呵……

事實上，祂真的來過——我們並不知道

祂因找不到當初的馬槽而又哭了回去

十、

許多眺望化作雪花飛落在鄉關路上

僅僅為了明天，我們是那麼願意等待啊

這冬天，我們依舊會擁有天涯，一如夢

十一、

整片沙漠頃刻淪落為末日的一部分

乾涸的窪地便只能等待那莽莽的雪山

一場暴風雪儼然成了救世主，在這荒地

十二、

三兩座傾圮的碉樓，斑駁的路
每夜，東風會準時呼嘯過大西北的草原
幾隻遊魂不禁醉倒在充軍的一紙告示下

十三、

最後的人類群集在孤高的崖上
失魂落魄地望著陽光與夢逐漸遠去
主啊！這世紀蒼茫得令人泫然

十四、

大雪急急降落在這顆星球
所有的生命遂彷彿凝滯在遙遠的最初
而早逝的母親正不斷不斷呼喚我的名

十五、

冷雨傾盆迅即壓過了這一社區的喧鬧
歌仔戲的哭調、摔花瓶與兒童的嬉笑
一時間人類竟顯得如此忙亂而且荒謬

十六、

那人一步一跪地頂禮膜拜
遙遠的山頭，一座莊嚴的聖殿
誘引著整座高原緩緩將他包融

十七、

成群結隊的蝸牛沿著鬧市爬行
高明的政客們鎮定地指揮他們
朝天邊夢一般的樓閣尋覓過去

十八、

走出原始叢林，我們便走入了都市叢林
筆戰、巷戰、示威以及不斷的走私政變
沒有什麼事不可能，接著就是顛覆地球

十九、

一列車寂靜地駛過無邊際的冰原
許多旅人的夢在車廂裡憂愁地游走相遇
並且，不時地互相探問：哪裡才是終站？

二十、

啊！我們終究要活下去
同時還背負千萬年傳下來的原罪與宿命
沒有什麼理由，好也得好，不好也得好！

中年心情轉折三題

一、現實

倒在電線桿下那失業很久的醉漢
被溫柔的月光，煙花女般輕撫著深怕著涼
理想早已醒來且已遁走，夢還在
猶不捨地陪伴他，滿嘴的酒臭與一身落寞

詩想

失業的詩，台灣不少人寫過，印象最深的是沙穗，他寫的是一個南部年輕人在台北失業，流落街頭的情景，其中「陌生的我卻對飢餓很熟悉／因為在烙餅之後／它一直伴著我／且對我很親切」，讓我讀之也感到肚子空洞空洞的。

沙穗的〈失業〉似乎比較喜歡強調「飢餓」，在另一段他還寫著「我把飢餓摟得很緊／在西門町總得有樣東西摟著／才不像南部來的／即使摟自己的影子」。

我的「失業」，則主要強調「理想」的失去，當你沒有收入，再有遠大的理想，也只能眼睜睜看著它們像煙霧一樣，挑逗般地游過你眼前。

換言之，這首〈現實〉，寫的不是有形的「失業」（沒有工作沒有薪水），而是無形的「失業」（失去的其實不是收入，而是理想），這個「業」指的不是職場，而是念茲在茲的「事業」。

我想起當年退伍後進入台中明道中學任教時，差不多同一時間，也正與一群詩友合辦詩刊，那時我的同事雯琪（現在已是副校長了），也愛創作，課餘之暇，我們常一起聊到共同的文學理想，她的一句話我至今未敢稍忘：「擁有一分穩定的收入，我們才能談理想。」

這首詩很淺白，遵行我一直以來奉行不渝的創作手法——搭建一座舞台和場景。

這首詩的場景，任何人都不需要花太多的想像力氣，便能在腦海中重構：一個看起來很狼狽的失業漢，剛從歡場買醉回來，卻醉倒在路邊的電燈柱下，有月光灑在他身上，讀者「經過」他身旁，還能聞到酒臭。沒有人陪他，除了天上的那輪明月……

二、冬夜喜雨

對秋天早已絕望，窗前那株楓樹
感情旋又濕潤了起來，微風～～
涉過泥塘，野雁飛在無邊的黑裡
遙遠的河岸，一對扁舟靠得更緊

詩想

我居住的溫哥華位在加拿大西岸，與加拿大其他地方不同，冬天時因為有太平洋暖流，降雪的機會不多見，可能了不起下一兩場雪，絕大部分時間還是下雨居多。

由於秋天時，免不了還有高壓雲帶籠罩，溫哥華的秋天仍是乾旱機會較多，溫度十幾度，比起台灣，可能是小巫見大巫，但在北美的再北方，這樣的氣溫，已屬「炎熱」了。

因為秋天乾旱，因此，分辨溫哥華秋天轉冬天最好的辦法就是，第一場雨。當第一場雨來臨時，即使不是冬天，也離冬天不遠了。

也因此，每次冬雨來臨，總會讓我想起杜甫的「好雨知時節，當春乃發生。隨風潛入夜，潤物細無聲。野徑雲俱黑，江船火獨明。曉看紅濕處，花重錦官城。」

是的，這首〈冬夜喜雨〉，靈感來自杜甫。差別是，杜甫寫的是春雨（詩題為〈春夜喜雨〉），我寫的是冬雨。

藉由冬雨來臨，解除乾旱的意象，暗示枯寂已久的情感，「旋又濕潤起來」的意義。

杜甫以「花重錦官城」做結，景物得到解脫（因為一場雨，繁花盛開了）。我以「一

對」扁舟靠得更緊，是呼應第三行的「感情」，有寫景，但目的不在寫景。

唐詩給我創作現代詩時，很多靈感和養分。至於我比唐詩（杜甫的原作）多出的這「感情」是什麼，就留給讀者去「再創」吧。

三、大寒

一場殺伐在遠方剛剛結束，天地無聲
那列火車點起狼煙，趁夜色倉惶竄走
黑幕後的落磯山正差遣禁軍沿路追趕
大雪沾滿葉尖，寂寞裡閃著森冷的光

詩想

那年聖誕節，已是進入隆冬時分，在溫哥華跟了一支旅行團走落磯山脈，到鄰省亞伯塔省路易絲湖（Lake Louise）；碰到冬天，團費都很便宜。

冬天的溫哥華雖然主要是雨季，但走落磯山脈時，大部分時間，旅遊巴士是小心翼翼開在崎嶇積雪的山路上，一個不小心……旁邊就是懸崖峭壁。

那一幕雪中行山的意境，我曾寫成小說〈雪祭〉，描寫一個女導遊帶團在雪中走落磯山脈，出了意外，其身為搜救隊員的男友前往救援，而發生的故事。

其時，一場大雪剛剛結束，但山間霧氣縹緲，讓人感到一股寒意。兩邊的大山多半是被大雪封住。但也有一小段，可以看到成千上萬株的針葉林，像禁衛軍似的列隊在兩旁，看著我們走過它們眼前。本來掛在樹身的雪全落盡，剩下樹葉尖上的一點白雪，像是刀尖上的光。

印象最深刻的，是那個黑夜（其實才下午五點，夜暗得早），碰到一列火車（還是蒸汽車頭），在沈默的針葉林間穿進穿出，與我們比肩而行，只是我們走公路，它們走鐵軌，時不時呼嘯一句，向天空噴出蒸汽，給寧靜的旅程中，添幾聲擾嚷。

突然腦海中就閃過盧綸的〈塞下曲〉：「月黑雁飛高，單于夜遁逃。欲將輕騎逐，大雪滿弓刀。」

那列火車不就像敗退的單于，邊點著狼煙求救兵，邊忙著逃跑。而那些針葉林則像是沿途追殺的「輕騎」手上所握的刀劍，沾在刀尖上的雪，在夜裡發出森冷的光。

藉由在雪中行山的感受，寫出那時我剛剛結束台灣的一個事業階段（一場殺伐），投入生命中另一個新階段，面對全新挑戰（遭禁軍追趕）的心情，是人生的一個驛站，也是轉折，行囊裝滿鄉愁，再跨出去，又是千山萬水了。

——二〇一六・三・二十九，中華日報副刊

附　中年心情轉折（全）

現實

倒在電線桿下那失業很久的醉漢
被溫柔的月光，煙花女般輕撫著深怕著涼
理想早已醒來且已遁走，夢還在
猶不捨地陪伴他，滿嘴的酒臭與一身落寞

大霧

前路逐漸蒼茫
抽象的枝椏勾勒出朦朧的街屋

落單的車越走越遠——
而留下的一行歎息，越來越冷

大風

世界被飛砂走石不斷痛擊
日月遭亂藤枯枝持續追殺
陰陽移形剛柔對調，夢與現實換位
一彎新芽正懵懵然探出地表……

大雪

。。。。。。。。。。。。。。
。。。。。眾聲喧嘩。。。。。
。。。。。思想潛行。。。。。
。。。。。。。。。。。。。。

大寒

一場殺伐在遠方剛剛結束，天地無聲
那列火車點起狼煙，趁夜色倉惶竄走
黑幕後的落磯山正差遣禁軍沿路追趕
大雪沾滿葉尖，寂寞裡閃著森冷的光

冬夜喜雨

對秋天早已絕望，窗前那株楓樹
感情旋又濕潤了起來，微風～～
涉過泥塘，野雁飛在無邊的黑裡
遙遠的河岸，一對扁舟靠得更緊

大河

歲月般任晚風拂過，靜默的歌吟
激越澎湃已是上游的事了……上游的事

老來深廣而飽含冥想，留一片月光浮在水面
那遲歸的漁人，輕弄著長篙劃出波痕悠然而去

附 小說：雪祭

「不准去！」

張強被艷麗搞得煩了，脫口說了這麼句。

張強和艷麗交往四年多了，很少在生活方面吵架，每次偶一爭執，張強多半忍一忍就算了，譬如張強喜歡吃四川菜，艷麗喜歡北方麵食，因此在溫哥華，艷麗如果不去麵食店，也喜歡去麥當勞這類速食店吃漢堡，張強很不習慣，但還是會依了女友的意。吃的方面如此，其它方面，張強更不願意去勉強女友做她不喜歡做的事。

張強和艷麗其實是世代交，兩家父母以前在大陸時就認識，不同的是，艷麗是河北土生土長的妹子，父母在大陸都是受過大學教育的，在文革前上的大學，說明了艷麗的父母還是有兩把刷子的；而張強不太一樣，他基本上是ＣＢＣ（在加拿大出生的華人），算起來是移民第三代，他的祖父母當年來到加拿大，主要

是做礦工與公路修建，相當刻苦；到了張強父母一代，生活品質已漸改善，所以，在鄧小平改革開放政策實施的頭幾年，他們帶著張強回到中國，看看有沒有機會，在深圳，張強父親在一家貿易公司任職採購部門經理，艷麗父親就在一次與張強父親所服務的公司進行貿易商談時，認識了張強父母，兩家時相往來，艷麗與張強也就在那時互萌情愫，那時他們都還是二十歲不到的年輕人。

後來張強父母在深圳發展得不太好，便回到了溫哥華，由於失去了好多年的時間，來到溫哥華後，依然只能從頭開始，張強爸爸在郵局當個郵差，媽媽則是到餐館打工去；張強則在唸完學院課程後，從事電腦工作，但由於大學時，曾參加過登山社，熱愛助人，他也同時加入了「山難搜救隊」。

艷麗則是在河北省的大學外文系唸完後，以個人獨立移民的方式也來到了溫哥華，基於舊識，張強自然樂於相助，例如，因為山難搜救隊的人脈關係，張強幫艷麗介紹到一家旅行社當臨時導遊，一到夏秋的旅遊旺季，「正牌」導遊不足，艷麗就可以去賺賺外快；這一相助，兩人走得就更近了。

張強的個性很好，事事讓著艷麗，愛助人，又有一分穩定的工作，艷麗其實是無可挑剔的；唯獨張強加入山難搜救隊一事，卻是令艷麗很不高興，因為這工作累起來可是不眠不休，除了得到一些虛無的掌聲外，又沒有什麼實質的金錢收入。

「你哪天怎麼死的都不知道。」艷麗總愛這麼抱怨。

「不能這麼說，當你有急難時，你不也希望人家來救你一把？」

「可是我不會登山，更不會選在危險的時候往高山上跑。」艷麗習慣這麼反駁。

「但假設有一天你在什麼場合倒楣碰到火災時，你不也希望有人來救你出去？」

每回話一辯到這裡，兩人就會有一段沈默，然後就不了了之。

這次，是艷麗服務的旅行社，這個冬天辦了去亞省班夫鎮（Banff）的旅遊團，因為是淡季，多數旅行社不願在這時候出團，所以，艷麗那家旅行社便聯合少數幾家比較小的旅行社，共同辦了一個「落磯山賞雪四日遊」的活動，由於集中在聖誕假期前後，有些「正牌」導遊希望這個時候能與家人在一起，不願意帶團，導遊人手一下調度不過來，所以，艷麗才得到這一個難得的機會帶團。

在溫哥華當導遊，一個五十多人的團，四天下來，一個導遊光是小費就可以進帳八百加元左右，再加上旅行社給的出團費，這一趟下來，至少會有一千多加幣的收入，這些錢除了出團費外，其它是不上稅的，再加上若帶去蔘廠或冰酒廠參觀，遊客消費的回扣，或者如果有遊客覺得你服務不錯，小費願意多給一點，那一次帶團的總收入要突破二千加幣（幾乎是一個公務員一個月的薪水），也不是什麼難事。

艷麗自然不願輕易放棄這個機會囉。

但張強的考量可不是這類「商機」。

十二月，溫哥華雖然常下雨，但由於有太平洋暖流的吹拂，溫度上還能維持在十度上下，算是溫和的了；可是，張強清楚，一進入落磯山區，就是大雪紛飛了。從溫哥華到亞伯塔省的班夫鎮與卡加利市（Calgray），要走一號公路，回程時會轉九十七號公路，不論是一號或九十七號，共同的特色就是，它們都是在山裡穿行。而今年，據氣象單位的觀察，落磯山脈從九月底就已斷斷續續在下雪了，氣溫雖一直維持在零下十度以內，也沒有暴風雪，但由於雪堆在這樣的氣溫中不容易化掉，兩個多月的堆積下來，厚度可想而知。若一遇氣溫稍稍回暖，發生雪崩的機率提高很多。

像艷麗這樣的旅行團，當然不會在路中間棄車去爬山，而公路上也有幾座隧道是為了防止雪崩，遊客可以避難的所在，張強擔心的是，萬一艷麗他們在隧道與隧道中間出了狀況，怎麼辦？

「放心啦，親愛的，我們不會那麼倒楣啦！」艷麗見張強似有堅持的樣子，便撒嬌地說。

「可是，你只要在這個時節去，就有風險。」張強不願意退讓。

「你想，」艷麗說：「如果真有問題，政府早就封路了；還等到你來擔心？那就來不及了。」

張強也覺得奇怪，照理說，卑詩省政府在大雪持續的情況下，應該會定時去「炸雪」（避免雪堆越積越厚），可是，到目前為止，卻不見有任何行動。

艷麗笑著：「強，你看，在我出發之前，已出了兩團了，他們要是有事，我自然就不敢去了。」

張強清楚艷麗的個性，一旦決定了要做什麼事，再怎麼勸都沒用，所以，一急之下，他才被逼出了這句：「不准去！」

但，越是反對，艷麗越是要去。一趟四天行就可能有一個公務員一個月的收入，對收入仍然不固定的艷麗來講，真的是很大的誘惑。

「好啦好啦。」艷麗話語軟了下來：「強，我就去這一次，下不為例，而且，我都已跟旅行社講定了，臨時放人家鴿子總不好嘛。」說著就吻上了張強的嘴唇。

張強的嘴被艷麗「封」住，眼睛卻張望著窗外，雨綿綿下個不停，心中卻是憂慮不已。

～～鈴～～鈴～～

張強在公司裡，因為掛念艷麗，整天心不在焉的工作。哪知，第三天，彷彿「心想事成」似的，張強在公司就接到母親轉過來的電話，張強拿起來一聽，是搜救隊的隊長丹尼斯打來的：「強（John，張強的英文名），有一個旅行團在一號公路出事了。」

才聽到，張強的心臟幾乎跳了出來：「位置呢？」

「大概就是回程往甘露市（Kamloops）的路上，不過，離甘露市還有一段距離，詳細的位置我也不太清楚，只有去了才知道。」

張強在心中盤算了一下，非常有可能是艷麗那一團的出了狀況。

「是怎麼出事的？車禍嗎？」張強問。

「雪崩！」丹尼斯的話，像刀子般飛來。

「又是雪崩！」張強的心涼了一截。

一般登山的人，若碰見雪崩，能活命的機率幾乎是零。縱使能活著回來，大約也成了植物人或重度殘障。張強最不願意聽到的答案就是雪崩。但他仍然抱持著希望：巴士在路上被雪覆蓋住，旅客不是直接面對超重量級的雪塊迎面而來，「理論」上應該還是有生還機會的。

「快出發吧！」丹尼斯在電話另一頭喊著：「你可以現在到搜救隊總部來

嗎？鏟雪車與警方支援的人員馬上就要到了，醫院的大型救護車則先行前往出事地點附近的隧道待命。」

「馬上到。」張強二話不說，立刻跟老闆告假。

臨出門前，電視螢幕上的字幕打出「一輛連同司機載有五十二名乘客的旅遊巴士，在日露市附近公路上遇雪崩，狀況不明，搜救單位已出動前往搜救，詳細情況，稍候會為您隨時追蹤報導。」

張強看著，真希望不是自己女友所帶的那一團。

當搜救車穿行在落磯山脈前往出事地點時，張強看著兩旁的大山，像一個個白頭白鬚的老人趺坐著，神色冷漠而悽厲地與他對望，老人們前臚列的針葉林，則像是荷槍實彈的禁衛軍，守護著這大自然的山山水水……張強打心眼裡一陣哆嗦……前一年，他曾在這附近搜救過六名大學生，這六名學生從不把氣象報告看成一回事，硬要攀登落磯山脈，天真而瘋狂地想要走山路去露易絲湖，結果就遇見了雪崩。那時，張強他們搜救隊能做的，已不是「搜救」，而是「搜屍」。當他們抬著六具年輕的屍體出來時，傷心欲絕的家屬們哀慟的哭聲，著實把張強嚇了一跳，不是因為哭聲之淒怨，而是，張強竟吃驚地發現，幾十個家屬的哭聲，才向上竄去，就被那些始終沈默地大山一把給捏住、掐斷，然後，聲音就像游絲般消失在飄渺的冷空氣裡。

「如果人類不尊重自己，我們將毫不猶豫地選擇殺戮！」

恍惚中，冷風像是信差似地送來大山們的回應。張強心中害怕了起來，他害怕出發前怎麼都不聽勸的艷麗會成為大自然殺戮的對象之一。

到了距可能出事地點最近的隧道外，車才停，張強便一個箭步衝下車，一位先到的醫護人員一把把他給拉住：「你那麼急幹什麼？還有一隊救難人員沒到，隧道那頭被雪給覆蓋住了，根本過不去，你得等鏟雪車來，把雪給鏟開，你才能過得去。」

這時已是下午五點，天早已暗了下來，張強望著面前的隧道入口，裡面是黑漆漆一片，但遠處隧道盡頭，可依稀看到大雪透出來的一點亮光。張強真的很著急，他沒告訴任何人他的女友可能就是出事的旅遊團導遊。

他拿起一個小電筒，趁其他人還在忙著交頭接耳地討論搜救方式時，便採步走進了隧道。

快到盡頭處，張強腳下勾到了一個像是枕木的東西，絆了一下：「好險好險。」

他拿起電筒往地下一照，是兩條腿，光線移了上去……

「艷麗！」他叫了出來。

艷麗倒在地上奄奄一息，張強搖了搖艷麗，艷麗吃力地撐開了眼睛，臉色卻發青，張強這才想到艷麗可能在寒風中待太久了，導致嚴重的體內失溫現象，遂把搜救衣脫了下來，再把裡面穿著的兔毛大衣脫出來，覆蓋在艷麗身上。

看著自己心愛的人受如此的痛苦，張強不禁哭了出來，他把艷麗緊抱住，並在她的頸上呵氣，希望給她一點溫暖。

艷麗嘴巴動了一下，張強喜不自勝，便問：「是你們團的出事嗎？」張強顯然還不肯相信事實。

但艷麗點點頭。

「那你們團呢？在哪裡？」張強急著問。

艷麗伸出虛弱的右臂，指了指隧道外，細微地吐出了幾個字：「雪崩……巴士……被衝……山谷下……我……彈出來……爬進來……」

「我知道了。」張強趕緊吻住了艷麗的嘴。

這時，在外面的搜救隊已到齊了，搜救隊員喬治看到張強：「強，你幹嘛一個人先跑進來？」

「我知道出事的巴士在哪裡？」張強抱起了艷麗，接著說：「她告訴我，就在前面不遠處的山谷裡，是被落下來的雪給衝下去的。」

「那你去哪裡？」喬治狐疑地問。

「我先送她上救護車，馬上就來與你們會合。」說完就立刻跑向停在隧道外的救護車。

出了隧道，張強與窩在救護車駕駛座上正悠閒地罩著隨身聽耳機聽音樂的司機打了聲招呼：「我先把她安置在你車上，麻煩你把暖氣開大一點，拜託。」

「沒問題！」司機說。

安置好了艷麗，張強立刻趕往隧道盡頭與其他搜救隊員會合，或許是知道了自己的女友還活著，張強搜救起來特別帶勁。

他們沿著山壁爬到山谷，準備好了一些屍袋下去。

「希望有生還者。」隊長丹尼斯感歎。

「我確定有生還者。」張強回話。

丹尼斯沒有聽進張強的話，指揮著張強先拿鏟子鏟開雪堆，好開出一條「雪」路，讓後面的搜救者方便下到山谷來。

事情很順利，不多久，喬治就發現不遠處露出雪面上的車頂，他們一個振奮，齊心把車身周圍的雪堆鏟開，連帶也挖出了幾具殘缺不全的屍體，有的被壓死在座位上、有的被拋出車外，因強烈撞擊石塊而死亡、有的則是因失血過多、有的則是受重傷但無法爬到幾公尺高的公路隧道避寒，造成體溫快速流失而死……

兩個小時過後，巴士整個被拖出了雪面，但已經扭曲變形得像是一塊廢鐵似的。張強在旁邊看得目瞪口呆。

丹尼斯搖搖頭：「哎，強，你先上去準備一下新聞稿，向媒體發布，就說全車五十二人全數罹難。」

「不對吧，導遊沒死，她被彈出來了。」張強辯駁著。

「導遊沒死？」丹尼斯不解：「那導遊現在在哪裡？」

「我送她到救護車上了，」張強還補充：「喬治看著我抱她上救護車的。」

「喬治！」丹尼斯叫住了正忙著搬運屍體的喬治：「剛剛強是不是救走了一個女導遊？」

「我沒看到。」喬治說。

「什麼？」張強大喊：「我還告訴你，我先送她上救護車再與你們會合的。」

「我沒看見你抱著人啊！我只看見你是抱著一件滿好看的兔毛衣，說要先送到救護車上的，我當時還奇怪，一件兔毛衣有那麼值錢嗎？」喬治又轉向一臉問號的丹尼斯：「隊長，而且我們清點過了，屍體大體上都滿完整的，經過拼合後，我們清點了一下～～」

「有多少具？」丹尼斯與張強幾乎同時發出問句。

喬治望了望張強：「五十……二……」

「那導遊的屍體呢？」張強仍不放棄。

「屍體剛剛已運上去了三十具左右，還有二十具，等一下會送上去；我不曉得哪一個是導遊，她又不會爬起來告訴我，」喬治戲謔似地補充：「也許，強，你例外吧。哈哈！」

張強沒有搭理喬治，逕自爬上了公路，奔出隧道，跑到救護車，開了後門，探頭進後車廂看，只見他那條兔毛衣正靜靜地躺在病床上，「司機先生，」張強大叫一聲：「我剛剛抱進來的那女孩呢？」

「什麼女孩？」司機丈二金剛摸不著頭腦地說：「我只看見你抱著一件兔毛衣往後車廂放，還要我把暖氣開大一點，我還奇怪哩：一件毛衣有那麼珍貴？冬天了，還要暖氣保護？那就放家裡別穿出來嘛！」

張強沒聽完，不死心地又帶著電筒，再度踏進了隧道，顫抖著雙手，把橫陳的屍袋一個個掀開，一邊掀一邊喊：

～～艷麗～～艷麗～～

那叫聲穿出隧道，向外頭龐大陰沈的落磯山脈飄去，空洞而寒涼！

鄉愁

春天是櫻花的鄉愁
夢，是詩的鄉愁
當寂寞醒來，霧散去
湖面，是星星的鄉愁

雲是雨的鄉愁
歌是音符的鄉愁
山在蠕動，大地在迤邐
天涯是遊子的鄉愁

昨天是今天的鄉愁
歷史是未來的鄉愁
如果時間有情，命運有愛
和平是亂世的鄉愁

枕邊是耳朵的鄉愁
美麗是眼睛的鄉愁
風在燈下，雨在階前
你是我的思念，我永遠的鄉愁……

詩想

二〇一四年夏天，通過社交媒體的力量，再通過大家努力，將大學同班同學一個個「找」回來了，我們在這裡相互寒暄，彼此道好，感覺上有點熟悉，又似陌生。

不久，同學們辦起了畢業以來的第一次同學會，我在太平洋的這一頭，看著昔日同學們在臉書上呼朋引伴，安排這安排那的熱絡情形，驀然想起了大一那年，全班決定到金山露營的光景。

那年代沒有電腦，更甭提智能手機，下了課之後，各奔自己的家或宿舍。要討論露營事宜，只能選在上課時候來傳遞指令和訊息，方式就是遞小紙條。

於是，一張張的紙條——「阿江，明天去弄十個帳篷，Small」、「毛毛，準備幾組烤肉架，要大一點的哦。包包」、「阿炳，去查查到金山的搭車方式。

文琪」、「阿吉，節目單明天弄好，送到理二舍來給我，我們要先研究一下。華昌」……就在老師的眼皮底下竄來竄去，那彷彿是一種「遊戲」。

對照著老師在課堂上嚴肅的神情，每張紙條像是小僕人，怕被老師發現做了壞事一般，緊張地在一張張桌面上尋找它的主人；而今回憶起來，卻有一種情趣。

穿越了三十年的時空，同學們要再聚首了，我在太平洋的另一邊，只能不斷懷想著三十年前種種……那年代已成了我們共同的鄉愁！

到了某個年紀，鄉愁也會越纍越多。這首詩是初來乍到溫哥華，深感就要斷絕了台灣的一切，風土、人情，甚至要相見也不那麼容易的親情時，有感而發寫下。

這大概是我第一次嘗試用歌謠體寫詩，雖然二十年前，曾為陳揚工作室，替某個歌星的專輯寫歌詞，但那次的歌詞嘗試，自覺並不成功，後來當成一般的詩作，收進我的第二本詩集《革命前後》（台中縣文化中心）。

寫〈鄉愁〉最有名的，要屬余光中了，「小時侯／鄉愁是一枚小小的郵票／我在這頭／母親在那頭。長大後／鄉愁是一張窄窄的船票／我在這頭／新娘在那頭。後來啊／鄉愁是一方矮矮的墳墓／我在外頭／母親在裏頭。而現在／鄉愁是一灣淺淺的海峽／我在這頭／大陸在那頭」。將生命中不同階段的鄉愁，娓娓道出，讀來心中彷彿有一股暖流拂過。

我的〈鄉愁〉，則不在表現人生各階段（余光中的表現已很成功，不需再班門弄斧），而在表現不同的形式，櫻花在凋零之後，只能等待來年，再投進春天的懷抱，夏天之後，春天就成了櫻花的鄉愁了、美夢寫成詩，詩成之後，再也回不去夢中了，夢當然就是詩的鄉愁……

這首詩大體上我還滿意，不過，其中有一句，我猶豫了很久很久，現在決定做出改動，即是第一段最後一句「湖面，是星星的鄉愁」。這句原是「愛情，是婚姻的鄉愁」。

事情是這樣的。

既是當初有感而發，這首詩寫成發表後，也就沒太在意，直到多年後，我在大陸的一個搜索引擎找一些寫作資料時，才發現這首詩曾被大陸一些報章和不少網友的微博和博客轉載，甚至連星馬的華文報章也透過大陸的報紙轉載……

繼續搜搜搜……，又發現中國南方有一所中學的詩歌朗誦比賽，竟將〈鄉愁〉這首詩列入比賽主題詩，這讓我更加吃驚，因為檢視這首詩時，發現第一段最後一句「愛情，是婚姻的鄉愁」，要做為中學朗誦作品內容，可能有些許疑慮。

雖然結過婚的應該知道我指的是什麼，但一個中學生如何能夠理解，這一句要讓中學生朗誦的話，恐怕不太適合，且我們聽到耳朵都起繭的「格言」——「婚姻是愛情的墳墓」，容易讓「愛情，是婚姻的鄉愁」這句變得很戲謔，宛如打油詩。

但回過頭來，我又想到，是否真有必要為適應學生而改動原詩，這真的讓我猶豫很久，且就算要改動，一時片刻找不到更好的句子代替，只好就這樣擱著。

現在，這個猶豫有了結局。

事緣二〇一五年五月，開車去加拿大卑詩省內陸旅行，卑詩省因為湖泊多，有不少公路會被湖泊「切斷」，由渡輪接載到湖的另一端才能繼續行程。

當我的車子沿著六號公路行駛，計劃到一個叫佛快爾（Fauquier）的小鎮時，車子開著開著，竟然找不到公路，趕緊停車（還好車速不快，否則很有可能直接開進湖裡）。

我走下車去查看，原來前方擋著一座叫亞洛（Arrow）的湖泊，當時已是夜間九點，由於光害少，平靜的湖面上映照著點點閃閃的星群，相當好看。但我們仍要趕路，無心流連，問了其他車輛司機才知，每半小時會有渡輪前來將車輛接到對岸去繼續行程。

到達對岸，順利在小鎮找到還有空房的旅店住下，但半夜時分，天空下起大雨，躺在床上，聽著雨聲，想起若再去看湖面星星，恐怕會是徒勞，而天氣預報最近幾天多是陰雨天，那麼下一次能回到湖面上看到閃耀的星群，不知要等何時了——對星星來講，湖面不啻就是它們的故鄉。

於是〈鄉愁〉第一段的最後一句，也有了結局。

至於最後一句「你是我的思念，我永遠的鄉愁」中的「你」，指的是人是地是事是物還是別的什麼？

嗯！我服膺羅蘭．巴特（Roland Barthes）「作者已死」的理念，讀者愛怎麼解讀就怎麼解讀吧，我閃邊涼快去。

——二〇一五．八．五，中華日報副刊

秋語／晨

清晨，逐漸向寂寞傾斜
曙色有點昏沈，秋意
躲在蘆葦叢裡，賊頭賊腦地
悄悄煽動落葉們，隨時撲向天涯

詩想

最近收到張默編的《小詩・隨身帖》（創世紀詩社），才知選集內收了這首小詩，估計是為了迎接創世紀詩社一甲子的成果之一吧！

這是我一系列分別摹寫四季早晨和晚間的作品，分別為春聲（晨、晚）・夏音（早、暮）、秋語（夜、晨）和冬言（晨、夜），共八首，〈秋語／晨〉為其中一首。

寫四季，其實很不容易寫，最普遍的方法，就是「擬人」，童謠兒歌中，多習慣「第一人稱」的方式，如兒歌中〈西風的話〉：去年我回去，你們剛穿新棉袍，今年我來看你們，你們變胖又變高……（按，西風象徵秋天。）

個人也不能免俗，將四種季節，想像成「人」，與兒歌童謠不同的是，我主要是以純粹摹寫季節景致（以人類的行為相襯。）行之，如〈秋語／夜〉：

「桂花初開，一路燒遍整座城市的楓葉／與輕風連手，將微冷的夜色／送進不眠的窗裡……」。（連手，是人類才有的行為，桂花不會與輕風「連手」的。）

或〈冬言／夜〉：「雪停了，山歇息去了／留下微燈一點，在密林深處」。（歇息也是人類的行為。）

八首中，唯這首較為特別，我是以「第三人稱」行之。詩的「潛台詞」是——秋是很容易讓人感到「寂寞」的季節，一天開始，從昏沈的曙色，就開始染上寂寞的顏色

（傾斜）。

秋意當然不會只在蘆葦叢中，故意讓它「躲」在蘆葦叢中，是為了讓秋季鋪天蓋地而來之後，回想起來，能夠感受得到天涯被落葉盛滿之前，那種欲秋未秋的狀態。

這類擬人化的寫作方式，多少要一點小說式的想像技巧在裡面，否則，很難理解或想到滿坑滿谷的落葉，原來不是自然的道理，純粹是被秋意這「大壞蛋」煽動的。

附上餘下七首，就不另做詩說了。

附詩

秋語／夜

桂花初開，一路燒遍整座城市的楓葉
與輕風連手，將微冷的夜色
送進不眠的窗裡，去年落第那學子
遂欠身離去，並闔上了「紅樓」

冬言／晨

吃力撥開赤裸的枝椏那太陽
惺忪著雙眼，終於爬上樹梢
灰壓壓的雲層從四面包圍，稍一呵氣
煙霧怔在空中，雪花就從八方鑽了出來

冬言／夜

雪停了，山歇息去了
留下微燈一點，在密林深處
獨自扛著穹蒼
與千萬年的寒冷，無言相對

春聲／晨

花兒仰頭飲盡了最後一滴露水
便醉倒在燦爛的春光裡

隔夜的寂寞懸在草葉尖
還做著與秋意纏綿的白日大夢

春聲／晚

太陽以優雅的姿式，慢慢
滑進山與海的眠床
五彩繽紛的繁花，被暖風送入夜空成為
千萬隻閃亮的眼神，還不捨地望著人間

夏音／早

陽光透早穿破樹叢
沙沙沙地篩落下來
驚醒了幾隻熟睡的松鼠
嘩啦啦地踩著枯葉慌忙逃去

夏音／暮

折騰了好久好久這大地，才要昏昏睡去
落日正攀著地平線，鬼鬼祟祟地
打算先劃亮滿天星火
再把四野的蛙鳴與寂寞，紛⋯紛⋯叫醒

——二〇一五・三，野薑花詩集季刊，十二期

籃扣

這無異是另一種飛行！

那時，他抓住了一顆球
就像掌握了世界
籃框卻以桀驁不馴的姿態
在可望而不可及的遠方
輕佻地逗弄著

他斜眼瞄向終點
以雷霆萬鈞的力道
把整個地球灌進去，並且
笑任天空怔住，在他背後
很無力地看夢想穿破籃網

得分！

（張國治攝影）

詩想

台灣喜愛籃球的人口中，能扣籃的人，大概屈指能夠數得出來。彈性一般的，身高至少得一九五公分以上，一九〇公分到一九五公分之間能扣籃的（如林書豪），彈性算是中上了。一八五公分還能扣籃的，彈性就相當好了（如以前警光隊的許榮春），一八〇公分能扣籃（如剛退休的Allen Iverson），則算彈力超強，一八〇以下還能扣籃（如以前亞特蘭大鷹隊被稱為小跳豆的Spud Webb），那……那大概不是地球人了。

因為能扣籃的人口如此之少，「身不能至，心嚮往之」，每當國內外比賽（或是ＮＢＡ），隨便一個扣籃鏡頭，都能讓人看得血脈賁張。記得高中念書時，在某報上看到許榮春在練球時，一張背後扣籃的照片，我還小心翼翼地剪下來，貼在空白名片卡上，當做書籤，每翻到那一頁時，就會看一眼許榮春扣籃的畫面才能讀得下書。

後來接觸ＮＢＡ，每個球季明星賽周末的扣籃大賽，則打死不錯過。我印象最深刻的畫面是，Spud Webb當年（一九八六）獲扣籃比賽冠軍的經典鏡頭，他將球拋出，然後「飛」向空中接球後，三六〇度旋轉將球扣進籃框。

他身高才一七二公分，跳躍最高時，雙腳離地高度大約一一〇公分。很恐怖～～

每當有人問我，為什麼喜歡籃球（卻不喜歡據說全世界最多人口的英式足球）時，我的回答總是：「我喜歡飛行的感覺。」

因為籃球，基本上，你掌握的制空權越大，滯留在空中的時間越長，越佔優勢。

也是因為喜歡「飛行」，大學時，覺得自己的身體條件還可以（大概可算我這輩子的顛峰時刻），便喜歡揮霍自己的彈性，迷上了在籃框「上」打球的感覺，著迷「扣」籃（儘管還難以將球兒完全「塞」進籃框內，但搶籃板搶不到時，就會單手「扣」著籃框，向天空示威）。

於我而言，扣籃無關球技，也就是青春煥發出的一道光采而已！

若將扣籃化作詩，就得賦予特別的意義了。

這首詩是我嘗試拿我喜歡的籃球做為描寫的客體。

詩中的籃框象徵一個標的，對於學子來講，可能是考上一所好學校，對於公務員來講，可能是某個職位，對一個作家來講，可能是一篇好作品……

掌握一顆球，就如同掌握自己的夢想，努力努力再努力，才能以雷霆萬鈞的氣勢，將球灌進籃框，得分。然後令曾經那麼難以達成的目標（桀驁不馴的籃框），臣服於你的手掌之下。

這首詩，只想藉著扣籃這一動作，來激起讀者的想像，帶出奮鬥的意志，也在自己的人生中，扣籃得分。

——二〇一五・六・九，中華日報副刊

三分

后羿射日不過如此！

籃框總還是一副不可侵犯的樣子
以無理的姿勢與不屑的眼神
待在相同的位置引你上勾
讓你在看似容易征服的假象中
受挫、不斷不斷地受挫……

它麾下老是圍聚一群精壯的戰士
擺開銅牆鐵壁企圖要你自動繳械
你想起肉搏並非生存的唯一方式
遂掄起了球，靈巧地躍起
輕輕彈指……

三分！
（被擊碎的陽光灑了滿地……）

（張國治攝影）

詩想

開始接觸籃球時，我喜歡帶球「飛」進籃下的人群中挑籃，喜歡與對手在禁區「肉搏」，大概到了三十五歲以後，身體的傷越來越多，彈跳能力逐漸下降，投球的距離越拉越遠，慢慢，我開始喜歡在三分線外投籃，以盡可能減少身體的衝撞。

在時報周刊工作那段時間，由於大老闆余紀忠熱愛籃球（瓊斯盃就是他老人家創辦的，如果寫台灣籃球史不提余紀忠，就像寫中國文學史不提李白、杜甫一樣荒謬），每年都會辦中時報系的籃球賽，一個報系，竟能組織十多支球隊廝殺。

個人比較得意的是，曾在一場比賽中，砍下五個三分球（印象中是投七中五），在一個報系的內部比賽，這大概也算是一項紀錄。後來籃球賽停辦，這個紀錄估計也沒什麼機會被打破了。

直到今天，每次打球，仍然愛跟二三十歲的年輕小伙較勁，不論體力或身體素質都無法與他們硬碰硬，又怕再受傷，大部時間還是拉到外線投籃去了。

我不是NBA球員，腹中沒有什麼籃球經綸，但我處理得分的模式，應該也與大部分球員差不多，例如熱火隊射手雷艾倫（Ray Allen），三分球命中率相當高，二〇一三年對馬刺隊爭冠時，就是靠他的三分球，將熱火從淘汰邊緣救回來，最後拿到總冠軍。但他老兄剛進聯盟時，卻是以扣籃出名的，當年曾有飛人的稱號。

雖說籃球是距離籃框越近，越容易得分。但若各種主客觀條件無法配合時，到籃下卻不一定最好，有時能在三分線外取對方首級，也是不錯的選擇。

別忘記，奈史密斯（James Naismith，一八六一年十一月六日～一九三九年十一月二十八日）當年發明籃球時，還沒有扣籃的概念，他的籃球精神是，在一個距離外，將球投進。

扣籃有身高和彈跳力的先天條件限制，但三分球則是不分身高和彈跳力，完全看手感，只要喜歡打籃球，幾乎人人都有在三分線外投進球的經驗，只是命中率多少的問題。

可以這麼說，做為一個球迷，坐在電視機前看球，會迷扣籃，但輪到自己上場時，若能砍進三分球，那種興奮不下於看別人扣籃。

這首詩的「潛台詞」是，要贏，不一定要硬碰硬，只要掌握時機，掌握出手力道，一樣可以置對手於死地。

生活中也是這樣，遇有不如意的事，不必當下就跟對方硬槓，何妨靜下心來，想好對策，在一個距離一定時間之外，再出手，或許會有更好的效果。

——二〇一五・六・九，中華日報副刊

時光之悟

——隱沒的絕句：賈島・尋隱者不遇

一粒松果滾落到古寺的階前
菩提樹下才得道的那僧猛然轉醒
急切地扣問路過的風
誰把快樂的童年藏起來了
好像被人藏在子夜的鐘響

無怪那又是語言與風景的辯論
萬物以自然為師，無形中
世界被一朵花採擷進她的幽香裡
詩總是無可救藥地自遠方奔來
完篇後便又離去了，輕輕地離去

昨夜有夢，不祇有叮叮掉落的音符
滿天梵唄便在燦爛的星光間傳遞
流言和蜚語從此坐定
與破墨的遠山凝神傾聽

有燈火，在胸中一一點燃

浮雲在天籟間慢慢踱蹀
且深怕擾亂了這千年孵出的情緒
時間不再讓人感到駭懼
童年也知曉哪裡才是歸宿，歲月總是
習慣於四處為家，於是我們——

就在反覆的尋覓裡老去……
在無邊的蒼茫中……停了下來！

詩想

在說這首詩之前，讓我們來玩個小遊戲，先請看下面一首：

這裡擁有最不浪漫的秋天，整座城
方才流行過一種寫實的遊戲，狼煙

彷彿是某種虛無的概念，在笑鬧中
而遠方真的有戰爭，天啊沒人相信
大批聲音正漫漫迤邐向護城河了
詩人們的情緒卻還在燃燒跟真的一樣
殺戮隱隱然撐開一條血路且持續逼近
問題是我們玩心太重都太過自信因此
詩，唉恐怕又要成了擊潰詩人的禍首

這首詩題為〈危機／兼致一部分詩人〉，發表在《台灣詩學季刊》滿前面的幾期，裡面有些玄機，看不看得出來？（如果現在就找到答案，我相信你的智商至少一八〇。）

先打住。答案留待最後再說。

寫現代詩，要不要，或該不該「玩」，一直是個很有趣的話題。圖象詩是早期電腦還沒發明出來或還不普及時，大家想得到可以「玩」的方式，電腦出來又慢慢普及後，就有人將電腦的程式帶入詩的寫作，暗示詩這種東西，也可按既定的公式（程式），一個按鍵，就可輕鬆複製下去。

上面那些，在我看來，都是比較低階的玩法，因為，詩的質素相當淡薄。

另有一種較為高級的玩法，洛夫當年的隱題詩是一例。

洛夫的詩語言沒有問題，精煉，很具震撼力。但他所謂的隱題詩，其實就是「藏頭格」，將要表達的字句「藏」在每一句的頭一字。

這種寫法，很容易拿來插科打諢，如台灣所謂的「太陽花」學運期間，藍委蔡正元因主張警方驅離學生，被網民在其網頁上寫了一首打油詩：「你說的太對了，媽的一群暴民，怎可佔領國會，不去想想暴民，去抗議佔領前，吃國家用國家，屎路還一大堆。」看似支持蔡正元，但將每句首字串連起來，就是：「你媽怎不去吃屎」。

當然，洛夫寫的是純詩（不是打油詩），例如他寫〈贈李商隱〉：

故事講了一半主角便曖昧地笑了，我的
鄉音如囈語早已分不清平上去入
雲飛離天空就再也找不到棲所
水無處可去只好痛擊兩岸，震得
地球在我懷中時睡時醒

歸途比天涯還要渺不可及
夢曾多次在窗外偷窺，有些心事
不得不說，又不
宜說破
秋雨淅瀝本就是纏綿的陷阱

每一句首字串連起來就是「故鄉雲水地，歸夢不宜秋」，但為了配合首字，洛夫會將一個完整的句子硬生生拆開，如第二段第三句到第四句的「不宜說破」，為將一個「宜」字拉到頭字，就出現「不得不說，又不」這樣的怪句（本來該是「又不宜說破」）。

在洛夫玩隱題詩玩得不亦樂乎之際，我實在看不下去，你都擺明了把題目分散在每一句首字了，還叫「隱」題嗎？

於是我來個「難度」更高的。

這首〈時光之悟〉，我想表達的意念是，我們總是對童年有所依戀，甚至一生都在追逐或懷想童年才有的那份真淳，但現實總讓我們無法真正回到過去，於是「就在反覆的尋覓裡老去……／在無邊的蒼茫中……停了下來！」

只有生命中最後的停下（死亡），才是我們的「歸宿」。

但這首詩好玩的不在這兒，而是我將賈島的名詩〈尋隱者不遇〉：「松下問童子，言師採藥去；祇在此山中，雲深不知處。」嵌在前四段，每段五行的每行之間。我刻意不放在句首，因為我要考驗自己錘煉字的功力。

四段的原詩句排列方式，因賈島的詩意而有變化，舉例來說，第三句的「祇在此山中」，我是排成「山」形，這首詩若是直排，山的形狀就很明顯。第四句「雲深不知處」，我將「雲深」放在頂端（以直行來看），因為雲在頭頂上，「不知處」三個字往下走，是表現客人（賈島）聽後心情往下沈的感覺（終究找不到童子的師傅嘛）。

這樣的詩我還寫過幾首，我會將某人名字嵌在詩句或詩題中。

好了，我現在來解釋前頭那首〈危機／兼致一部分詩人〉。

浮面的意念是對當年有一幫人開始「玩詩」，且玩得很不像話所發出的感歎，我認為這會是現代詩離讀者漸行漸遠，而很可能最終導致沒落的「危機」，所以，我的副題是「兼致一部分詩人」。

不過，全詩最好玩的，不是我想表達的「危機」，而是，詩中藏了一句「話」：

這才是真正的隱題詩

詩中我以打「√」的方式排列。有興趣的話，不妨仔細找找看。

底下再附上我寫過的，比較滿意的「（真正的）隱題詩」（不給答案了，自己找嵌在詩裡面的句子吧）——

初醒

燈火們睡去很久了，那寂寞小鎮
星空下每個夢，都含藏神的恩典
四野無聲，幾片黃葉輕悠悠飄落
河面，有風梭巡，且懵然跳過
在亂石間等待許久的一句蛙鳴，空氣中
猶迴盪牠隱隱的訕笑

夜，靜得像一曲長笛，有人自岸邊
牽著一頭老牛走過，恍惚間
天地為之騷動，曙色微明而優雅地
自山頭悄悄爬下並照亮了
河畔掏米的村婦，如夢初醒啊
還留下早春的落花，在門環叮噹的階前

為新的一天，寫最美的詩篇……

輯三

山河畫譜

駝鈴夢坡組曲

一、

曾經有多少夢駐紮在這裡
冰雪封凍的沙丘連綿著，想說什麼
我隱隱聽見，有新芽欲裂的聲音

二、

偶然行過一隊駱駝，悠悠的
有鈴鐺在風中搖曳，許多新開的花
大聲呼喊著：啊！莫索灣的春天……

三、

世界只是沈默地諦聽
許多吶喊，許多種心跳
許多夢以及希望在黎明醒來

四、

總有一些喜歡在這裡醞釀
當幾聲駝鈴響在極目的沙漠邊緣
數盞馬燈點燃於風起雲湧的天涯

五、

來自沙漠的孩子總愛笑，正如海員們
總愛在船舷邊眺望，而月升時自會有
人搭起了營帳為你呵護一朵燦爛的夢

六、

我們委實難以拒絕歷史的邀約
立春後，整個莫索灣將有一大片新綠
迎接我們以豐饒的意象與鏗鏘的節奏

七、

在綿延千里萬里的沙坡上
每個晨昏總愛嫺靜的等待，歷史
平淡地走過，帶著我們與那群駱駝

詩想

一九九二年初（也算是一九九一年冬天），我一個人揹著背包，晚上，從北京搭機去烏魯木齊，本來想體驗一個人在下雪的陌生城市的感覺，沒想到一下機就被石河子市（在烏魯木齊西邊一百五十多公里）知道有台灣遊客到訪的政府人員接走（後來知道，是該市對台事務辦公室工作人員），在北疆的古爾班通古特沙漠的農墾軍團住了兩天，當時，他們正計劃開闢一個新旅遊點，央我命名。

在了解他們打算以駱駝騎乘做為主要賣點之後，我取了個「駝鈴夢坡」的名字。回台灣後就寫了這一組詩，發表在石河子市的《綠風詩刊》上。

其實當時沒有在意，心想，他們或許應該會找高官來命名吧（這比較符合大陸官場的風格），然後將我的「駝鈴夢坡」擱在一旁。

幾年前，我開始使用雇狗（GOOGLE），玩得不亦樂乎，某天心血來潮，打

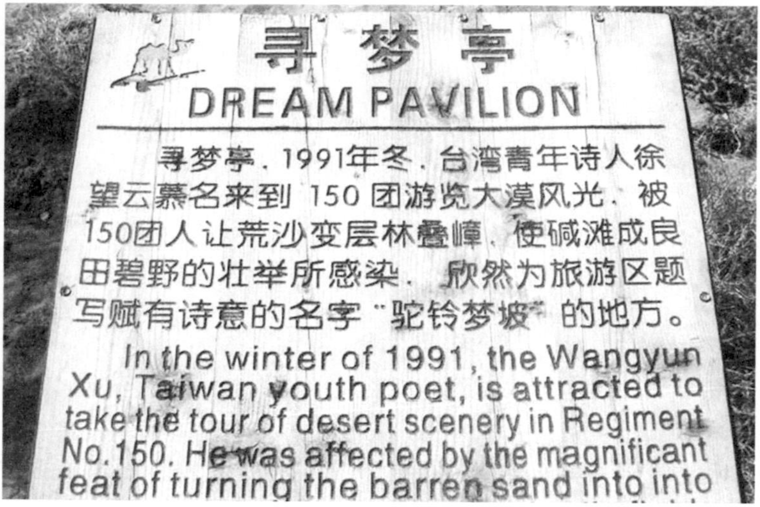

了「駝鈴夢坡」搜索一下，沒想到一堆資料出來，百度百科還有一個詞條，提到我命名的事。兩三年前，該旅遊景點還成為中國的四A級風景區（同級中最有名的大概就屬蘇州寒山寺了），近年該景區更著力打造五A級的沙漠水上樂園。

真的是不勝感慨。年輕時，喜歡一個人到處亂竄，我都還記得一九九二年那次旅行，我是先飛馬尼拉，找菲華詩人和權，並與那邊的詩人交流，之後就飛北京，雖然有社會科學院的朋友安排住宿，但基本上是一個人闖北京，那時全北京最高的樓是京廣中心（現在當然不可能還是最高了），而整個行程中，讓我印象最深的就是，上機時穿短袖（菲律賓熱帶天氣），下飛機立刻就得換上羽絨服（北京大雪）。

找到「駝鈴夢坡」的下落後，我開始注意那個旅遊景點的動態，有網友去那邊旅遊回來後，貼在微博或部落格的照片，都會一看再看，甚至有一張，拍出一個涼亭的坡下，有個木牌，記載著當年我命名的「故事」，雖然與事實有些出入，但仍令我相當感動。不敢想像未來還有沒有機會去駝鈴夢坡走走。

尤其是最近幾年，維漢衝突日益激烈，去過新疆的朋友，總勸我打消再訪新疆的念頭。事實上，二十多年前的新疆，我曾與維族有短暫的交會，那是在烏伊公路邊上的一家清真小館。

剛踏進這家食堂，裡面已圍聚了十來個客人，看得出有維族與回族的，有的腰間佩著小刀，他們怔怔地望著我們，顯然他們也看得出我們「非其族類」，跟他們禮貌性地點了頭之後，有幾個連忙讓出一張小桌子給我們坐。

這一家人，由媽媽掌廚，還有三個巴朗（維語，女孩）、一個喀薩巴朗（維語，男孩）；我請石河子的政府人員代為翻譯「可否與他們合影」，他們卻欣然同意，其中兩個年輕女孩跑進房間換了近半個小時的衣服，還上了胭脂，很慎重其事的樣子……至今想起來，仍舊很感動。

是的，不瞞你說，整體而言，維族給我的感覺就是淳樸善良，只是不知為什麼近年他們從新聞中流出來的形象卻是大不相同，政治使然？或是環境或是命運使然？

很想再去，去與那邊的維族坐下來聊聊，話話家常，談談我們都不曾放棄的
一個夢想——
美麗、安靜、與優雅而平淡的一生。
就像沙漠中遠遠走過的那一隊駱駝！

——二〇一五・十・五，聯合報副刊
二〇一五・十・二十二，世界日報副刊

西出 亞伯丁（Aberdeen）

當車行在高地間緩慢移動
北海的風便同時將大片大片綠送來
牛羊們仍舊一副不干我事地嚼著草
蘇格蘭就這樣以切割齊整的麥田
把我們悄悄織入她的山水畫裡……

後記：亞伯丁位在蘇格蘭東北岸，人口有二十一萬，次於格拉斯哥與愛丁堡，為蘇格蘭的第三大城，也是一著名的漁港。

詩想

英國，是我離開台灣出國去的第二個，也是我因工作出訪的第一個非華語國家。那是我去《時報周刊》任職後的第二年，就被派往蘇格蘭的格蘭菲迪（Glenfiddich）威士忌（就是瓶子上有大大鹿頭標誌的那種）酒廠採訪。

我都還記得，那次我們這個記者團先到香港轉搭英航，在印度德里停了一下，然後我的座位兩旁，各坐一個印度大漢，那也是我第一次接觸到印度人，初時委實很不習慣，後來在漫長的旅程中，我用破爛的英語與他們交談，還滿愉

快的。

我們是在倫敦希斯羅機場，轉了一架小飛機，往北，沿著海岸線飛行，先到亞伯丁，再在亞伯丁轉巴士往西邊走，去格蘭菲迪酒廠。

由於搭的是小飛機，飛行高度不高，一路上我們可看到底下的海岸線，到了亞伯丁，竟可看見切割齊整的麥田，像是畫布，最好的形容，就是蘇格蘭格子裙上的花色，這是在台灣成長的我難以想像的。

這首詩，寫的就是我初遇蘇格蘭的「第一印象」。

另外，那次除了採訪格蘭菲迪酒廠外，也採訪了高地運動會（Highland Games）總決賽，這個運動會值得一提的是，英國皇室每年例必會來參觀總決賽，伊莉莎白女王知道我們來自台灣，還和我們點頭致意。

當時黛安娜王妃站在一旁微笑，風姿綽約，神態優雅，令人難忘，只是沒有人會想到，數年後，她會死於非命。

〈西出亞伯丁〉是我寫蘇格蘭風情四首組詩的第一首，餘下三首，附在後面。

附詩

（二）寂靜蘇格蘭

塞爾特民族的聲音一直在迴盪
歷史正企圖以廣袤的靜謐包圍我們
許多年前的征戰殺伐遂都寂寞下來
寂寞得——
像是要我們相信她的無辜……

（三）在格蘭菲迪（Glenfiddich）

微雨飄落，輕風靜靜拉著雲霧
雲霧牽著遠山一帶，靜靜地……
陪我們行過百年的格蘭菲迪
啊格蘭菲迪，我看見他依然自信的眼神
猶在對我們叨絮一則傳奇，醉了似的

（四）在克雷瑟堡（Crathes Castle）

克雷瑟堡如一位滿腹經綸的老學者
悠閒地睡臥在高地上，任春秋自來去
任四百多牛的風煙淡淡走過
幾代君主、千萬生命、我們以及歷史
都輕易成了他短暫的夢……的一部分

*克雷瑟堡位在蘇格蘭班克利郡以東約二哩半，十六世紀柏奈特（Alexander Burnete）家族所建立。

溫柔戰帖

——給九族櫻花祭的遊客

在初春的微風裡暖陽下
請留意，我與我的同胞
將擺出誇張的姿態
佔領這豐潤的天地

我們會用雪一般的飛翔
叼走每一句驚歎！

再以純然的白，與淡淡的粉彩
吻上每一道愛戀的眼神，接著
悄悄靠近你的，是那暗香委婉
當你入睡後，便順勢滑向夢境
成為你的一生……

詩想

溫哥華與台灣一樣，都是四季分明的好地方，在溫哥華，當你看到海灘上玩樂的人一多，就是夏天；楓葉燒遍整座城市了，就是秋天；雨一天一天一周一周的下個不停，偶而搭配一兩場雪，就是冬天；而春天，就是滿街的櫻花！

在台灣，熱得要命，時不時再來個颱風警報，那是夏天；白天仍然火，但早晚有點涼，偶爾來場攪局的颱風，秋天；寒流南下，氣溫十度加減兩三度，就是冬天……

咦！春天呢？

其實，亞熱帶的台灣，冬天進入春天的氣溫變化差異不大，說是說四季分明，但要分別冬天和春天，唯一的憑藉，還是得靠老祖先的「智慧」，因為他們早就搞定了：農曆春節。

春節一到，就知春天來了。

來到北美，我開始注意櫻花這玩意兒。一直以為櫻花是日本人的，也就是北半球的春天才有櫻花，要不就是地勢高寒之地，到了天氣暖和時，櫻花就盛開了，台灣地處亞熱帶，也沒想過台灣會有櫻花。

但十多年前，台灣的九族文化村開始搞櫻花祭活動。

九族文化村，我在移民出來前，曾去玩過，那時沒聽過有什麼櫻花，更別提相關的櫻花活動了，現在九族文化村的企劃經理黃瑞奇說，文化村一帶的氣候本來就很適合櫻花，只要稍加規劃，可以帶起賞櫻花風潮，於是有櫻花祭的靈感。

他在二〇〇一年首辦第一屆「日月潭九族櫻花祭」前，是親身實地去日本勘查過，並引進了相當多的櫻花。之後每年盛大舉辦，戮力深耕台灣賞櫻文化，嘿！還真的帶動了台灣種櫻花的風潮。如今雖然很多地方都有櫻花，但是九族櫻花祭仍然是眾所公認的台灣歷史最悠久、最具文化內涵、規模最大的櫻花祭。

哦！文化內涵！那是黃瑞奇將這櫻花祭打造成真正台灣賞櫻第一品牌的「法寶」，人家的櫻花是造景用的，九族文化村的櫻花竟然成了文學的素材。

幾年前，為配合櫻花祭，本身能畫畫能寫詩的黃瑞奇，也邀集了一些詩人，為園內的櫻花寫詩，並配合籌辦「櫻華詩人雅集／文學詩歌櫻花樹詩展」（或稱「櫻花詩會」），這活動以往我在報端上看過。

二〇一六年，黃瑞奇透過社交媒體找我共襄盛舉，希望能為園內的櫻花們寫詩，由於二〇一四年春天，我回台灣時也曾遇上園內盛開的櫻花向我搔首弄姿，心中滿滿都是那般美景，對「九族文化櫻」並不陌生，要營造一個以櫻花為背景

的詩，想像中，應該不難。

事實上，因為日本是櫻花大國，而俳句則算是日本文學的「國寶」——起源可推溯自室町時代（一三三六年－一五七三年，大約是中國的元朝到明朝之間），我不知道日本的櫻花季會不會有相應的詩歌活動，不過，溫哥華的櫻花季節一到，市政府倒是會配合櫻花節（The Vancouver Cherry Blossom Festival）主辦俳句比賽（當然以英文表現）。

九族文化村櫻花祭活動，配合舉辦的「櫻花詩會」，確也暗合了櫻花與詩結縭而孕育出的美學品貌，在台灣不多見，但值得發揚並傳遞出去，且傳承下去。

不過，我雖精神支持（口頭上也答應了）這個活動，想像中，寫一首與櫻花有的詩應該也不難，但現實上，接下寫櫻花詩的任務後，還是頭痛一陣子。

目前所見大部分的櫻花詩，都是歌詠櫻花為主軸，換言之，多是將櫻花當做詩境裡的一個「背景」來抒寫；連將櫻花擬人化的第二人稱或第三人稱都很少見。如白居易的詩句，「小園新種紅櫻樹，閑繞花枝便當游」（酬韓侍郎張博士雨後遊曲江見寄），再如近代的蘇曼殊，「十日櫻花作意開，繞花豈惜日千回」（櫻花落），不論櫻樹還是櫻花，都只是詩中一件沒有生命的「物事」。

我希望能夠「特別」一點。想了很久，偶然間看到一段視頻，一個小女孩以食物逗弄寵物狗狗，覺得很好玩，底下跟帖的留言有一則就提到：「你知道狗狗是怎樣想的嗎？」

突然我就想到，我們看櫻花很美，如果站在櫻花的立場，又會是怎麼想的呢？於是，決定以櫻花的第一人稱入手，賦給櫻花們以生命，讓九族文化村的櫻花們以「挑釁者」的姿態向前來賞玩的遊客下戰帖：發誓要遊客們一見到綻放的群花，所有的美夢、感情、生命……都會被櫻花們完封！

這戰帖，當然是，溫柔得要命！

——二〇一七・四，野薑花詩集季刊，二十期

立冬 四首

一、

在昨夜那乾淨的夢裡，我看見
陽光正遭到寂寞前所未有的侵蝕
說不出的浪花紛紛湧上岸來打探
沙灘一副淡淡的、思念是藍藍的

二、

時序已轉進冬季，這島
天空仍如以往傳來濃重的鼻息
山脊在冷霧裡遲緩地起伏
恰似一隻落單的歸雁，哀鳴在遠方

三、

千山萬水在潑墨的夜色裡
慢慢暈開來，風自四面八方

以龐大的寒意逼近那點微燈
啊！冷冷的江湖、漠漠的歲月

四、

一彎新月自暗雲外透下來
別離的橋畔遂響起數點寒蛙
那人趕早步上旅程，卻始終不忍回頭
狼狽得，竟忘了拂去他厚衣上的濃霜

Winter Begins　英譯／王健（Jan Walls）

1.

Last night, in a clean dream, I saw
sunlight encountering an unprecedented cold and lonely erosion
an inexplicable spray of wave after surging wave explores the shore
of a sandy beach, cold and indifferent, thinking very blue.

2.

The season has retreated into winter, and from the sky
the same old dense breath comes to the island
the mountain ridge undulates sluggishly in the cold mist
like a lonely wild goose returned, wailing in the distance.

3.

After a trying journey through the ink-washed dimness of night
wooziness slowly pulls up, and the winds from every direction
press an overwhelming chill upon that faint lamp
oh, how cold the countryside, how bleak the times.

4.

A crescent moon reveals a hint of itself beyond the clouds
and across the bridge where we parted, a few cold frogs begin to croak,

but the one who is hastening on their journey can't bear to look back,
disoriented, even forgetting to brush away the frost congealing on their overcoat.

詩想

立冬是中國二十四節氣之一，大約每年在十一月七日到八日之間，意味著冬季自此開始。冬是終了的意思，有農作物收割後要收藏起來的含意，中國又把立冬作為冬季的開始。

接下來，萬物都進入「冷靜期」，從春耕夏耘秋收一路走來，之後就要冬藏，然後等待三個月後，新的一年來臨，一元復始，萬象更新。

如何表現冬天，最簡單的是，雪雪雪雪雪雪雪雪雪……光是看著不斷堆積的「雪」，就夠冷的了。

在加拿大，冬天也基本到處是雪，但我身處的溫哥華，則以多雨為主，偶而會下個一兩場大雪，對兒童來講，那表示玩雪的日子來了，但對需要以汽車做為通勤工具的我來講，則有如噩夢。

車輪陷在暗藏黑冰的雪堆裡，引擎空轉了半天，就是無法將車往前移動半寸，那種感覺，真的，很～恐～怖～

從路口轉進家門前有一段上坡路，平時沒有問題，下雨天也沒有問題，但下雪天的問題就來了。

記得有一次，在大雪中下班回家，車子要開上坡時，車輪竟然打滑，一急之下，犯了個大錯——猛踩剎車，結果車子在原地兩百七十度大迴轉，差一兩公分的距離就撞到路邊的車輛，嚇出半條命來。

不過，寫這組立冬時，人在台灣，除了高山上，台灣的平地基本不下雪（二〇一五年那次超級寒流造成的史上初雪可算是特例吧，但我人不在台灣），那些年，對寒冷的最極致體驗，就是攝氏零上十度，有時碰到八度，就已像是進入「冰河期」了。

一般立冬之後的溫度大約在十四度或十五度以上，如果不遇到寒流，出門也得加一件厚外套。

因此，在我的〈立冬〉裡，是沒有雪跡的，但有屬於亞熱帶的寒冷，而那種寒冷，其實與北國大雪的寒冷在心理感受上差不多。

在這一組詩裡，我試圖少用這類一看就與寒冷相關的詞彙，從第一首開始，僅以「陽光遭侵蝕」，淡淡的沙灘（顯然空無一人）、藍藍的思念（藍本來就有憂鬱的內涵）來摹寫被嚴冬封鎖的海邊。

完全不用寒、冷、凍、雪……這類字眼，以單純寫景的方式，把冬天的感覺烘托出來。希望讀者光看這些景象，就有一股寒意從尾端順著腸子衝上腦門。

雖然第二首的「冷」霧、第三首的「寒」意、第四首的「寒」蛙，還是免不了俗套地使用了這些與冷有關的詞彙，但也各有各的特色。

第二首，其實是想表現山在冷霧中的形狀，隨著霧氣的凝聚又散去、散去後又凝聚，忽隱忽現，好像人的胸脯因為呼吸而起伏。

又因為起伏的「遲緩」，乍一看，又像是一隻大雁，翅膀在霧中緩慢的拍動。

第三首則是想像在寒冷的夜裡，山裡，一間房，一盞燈，而這盞燈又是在一幅很大的潑墨畫裡，感覺上，龐大的寒意正向這盞燈步步進逼，在天地間，讓這盞燈顯得頗為孤寒。

其實，這一首就是以文字來「畫」潑墨山水（印象中沒見過有哪個國畫家畫出微燈在龐大的潑墨山水中獨自亮著的感覺）。

另外，第四首的靈感，應該很容易感知，是來源自溫庭筠的〈商山早行〉一詩：「晨起動征鐸，客行悲故鄉。雞聲茅店月，人跡板橋霜。槲葉落山路，枳花明驛牆。因思杜陵夢，鳧雁滿回塘。」（註）

我也是想表現一種「早」的感覺——新月還未移走，天還未亮（冬天晝短夜長），就要出門去了……

在台灣，我沒有見過霜，但在北美冬天，到了攝氏零度上下，如果溼度還不夠到下雪，那麼一到夜晚，白霜就會在戶外四處侵略，馬路旁、草叢間、枝葉上……，都被它們佔領，如果從低垂的枝葉下走過，大衣上往往就會沾上一片霜，遠遠看，還有點閃亮閃亮。

隨著呼吸吐出的煙霧，停留在空氣中，像是被貼在寒夜裡的一片棉花，令人打心裡直打哆嗦～～

還好的是，冬天來了，春天就不遠了！

註：〈商山早行〉試譯：黎明起床，馬車準備啓程的鈴聲已響；遊子要上路，想起故鄉，心中萬分悲傷。雞聲催促著將早起趕路的客人，旅舍的屋頂上仍有明月餘暉；足跡依稀，木橋覆蓋著寒霜。枯敗的槲葉，落滿了荒山的野路；淡白的枳花，鮮艷地開放在驛站的泥牆上。路程上才回味著因思念杜陵而得來的美夢；便看見一群群鴨和鵝，正嬉戲在岸邊彎曲的湖塘裡。

附　they和their可做單數用

——一首詩的翻譯引出的英文語法知識

加拿大漢學家王健（Jan Walls）曾將拙詩〈立冬四首〉翻成英文，譯出後，我將之貼在臉書（Facebook）上，卻引來一些與英文語法有關的回響，主要是針對其中一首的英文屬格。

這首詩很短，只有四行，先將這一首的中文嵌入王健的英文版附上，方便比對：

一彎新月自暗雲外透下來
A crescent moon reveals a hint of itself beyond the clouds

別離的橋畔遂響起數點寒蛙
and across the bridge where we parted, a few cold frogs begin to croak,
那人趕早步上旅程，卻始終不忍回頭
but the one who is hastening on their journey can't bear to look back,
狼狽得，竟忘了拂去他厚衣上的濃霜
disoriented, even forgetting to brush away the frost congealing on their overcoat.

問題出在第三句「那人……旅程」和第四句的「他」，我們知道「那人」（和「他」）是個單數格。

但王健第三句譯文「the one who is hastening on their journey ……」卻用了複數格「their journey」，如再譯回中文，彷彿成了「那人趕著走上『他們』的旅程」，第四句譯文「forgetting to brush away the frost congealing on their overcoat.」，再譯回中文，也成了「忘了拂去他們厚衣上的濃霜」，聽起來很奇怪。

曾在美國讀過書，並拿了碩士學位的一個朋友就在留言中問：最後兩句，不知為何是「their」而不是「his」？看來這不只是我個人不解而已了。

轉寄朋友的提問之後，王健很快就回覆說，在英文中，they和their可做單數用，以強調「不特定的某人」。

為此，我特地翻查了朗文（Longman）辭典，發現在they詞條下，除了我們熟知的複數（他們）用法之外，另有一條是這樣解釋的：Used in order to avoid saying he or she after a singular noun or pronoun when one wants to include people of either sex.

大意是，如果指涉的對象，在性別上是不特定的，為了避免性別的困擾，可用they指稱「不論性別為何」（either sex）的第三人稱單數。辭典還舉了個例句：If anyone has any information on this subject, will they please let me know afterwrds.（要是有人在這問題上有任何消息，請隨後告訴我。）

anyone是單數格，但例句用了「they」做為代稱（而不是he或she）。

在their詞條上舉的例句更清楚：Has anyone here lost their watch？（有人遺失手錶嗎？）一看「has」和「watch」就知道是一隻錶，但辭典還是使用「their」以避免性別困擾——如果用「his」，那麼若是失主是女的，可能就不好出來認領了，如果使用「her」，難道失主是男的話，只能認賠嗎？

哈佛大學心理學系教授平克（Steven Pinker）在其《寫作風格的意識（*The Sense of Style*）》（中譯本由江先聲翻譯，商周出版）內，有專節談到they的用法，他舉了二〇一三年美國總統歐巴馬在一份新聞稿中讚揚最高法院廢除一項歧視性法律的決定，他說：No American should ever live under a cloud of suspicion just because of what they look like.（沒有一個美國人應該因天生什麼模樣而活在疑懼之下。）

No American是單數先行詞，按道理，語法上，後面應該要用單數主格（he或she），但歐巴馬用複數主格they，來代替單數主格，就避免掉了性別的困擾。

平克還提到，用they來代替單數主格，並非迎合女權主義或最新的用法，莎士比亞起碼用了四次，而著有《理性與感性》（李安於一九九五年改編成電影）、《傲慢與偏見》等名著的十九世紀英國小說家奧斯汀（Jane Austen），在作品中用上單數they就有八十七次之多。

回到詩上面，我使用了「那人」，坦白說，當初在寫到這裡時，心中浮現的，的確是一個男子的背影，試看第四句：「他」厚衣上的濃霜。

按照我們的（中文）閱讀習慣，看似很清楚，應該是男人，否則我應該會使用「她」。

但那是作者（我本人）的一廂情願。嚴格說，「他」字在中國古代是沒有性別之分的（「她」字其實要到一九二〇年代，才由五四文人劉半農創造出來），《辭海》（中華書局版本）的釋意就是「二人對語稱第三人之辭」，釋意沒有強調男女。

因此，在像王健那樣如此嫻熟中國古文、母語非中文的讀者眼中，「他」本來就沒有男女之分。除非我明說「那人」就是個爺們；可是，「那人趕早步上旅程」若寫成「那男子趕早步上旅程」的話，（至少我個人）讀起來很拗口。

所以，王健在譯文中使用「their」做單數屬格，才是符合英語閱讀習慣的譯法（英譯當然首要考慮到英語讀者），我支持王健的譯法。再者，透過王健的譯筆，對母語不是英語的讀者而言，相信也長了知識，獲益匪淺！

夜行落磯山脈

在極濃的水墨裡，唯車燈亮著
在鼾睡的星空下，唯恐懼醒著
在寂寞的山林間，唯明月相隨
在遙遠的狼嗥外，唯疾風相送

Strolling Through the Rockies at Night

譯／王健（Jan Walls）

In the ink-black density of night,
nothing shines but headlights
beneath the snoring sleep of starlit skies,
nothing stays awake but fear
in the lonely mountain forest,
nothing tags along but the moon
beyond the howling of distant wolves,
Nothing bids farewell but the wailing wind.

詩想

八月底去了趟亞伯達省（Alberta，簡稱亞省）自駕行，此行主要是去知名的恐龍墳場，莊喜樂（Drumheller），那邊有個恐龍博物館，六千多萬年前一場大災難，讓那邊的恐龍們一下子死盡，屍體全部埋在地下，隨著地殼的變動，而成為化石。現在則成為知名的旅遊景點，博物館建在恐龍墳場內，墳場內的恐龍化石其實尚未挖完，遊客到景區附近走走，一不小心還能撿到恐龍化石。

從我居住的卑詩省去亞省，必須穿越落磯山脈。因為貪看秀色可餐的大山大水，我選擇開車。

這次是我第三次走訪落磯山脈，第一次是剛移民時，冬天參團去了一趟，上一次則是十二年前，也是開車，也是夏天。

整個大落磯山脈就是一個大的旅遊景點，壯麗的山脈和婉約的河流，就一路陪伴遊客走南闖北或去東向西，如果是白天自己開車，可以選擇風景最好的地段停下來從容取景，也是一種優雅。

十二年前那一次的旅行，不知為什麼，趕夜路的時間特別多。

這首詩就是從亞省回卑詩省的某個晚上趕夜路時的心情。

由於山裡面沒有路燈，唯一的照明設備，幾乎就是車燈，你的車燈和其他車輛的車燈，在崖壁或山邊的道路不斷交錯，看到的山，在星光和月光的掩護下，像極了中國的潑墨山水，車子隨者山路的婉轉，越走越緊張，時不時還能聽見遠處的狼嗥……

沒有什麼特別的技巧，只想讓讀者在閱讀中間，也能感受我夜行山路的感受。落磯山脈走這麼一趟，動輒兩三十公里，不管是跟團或開車，勢必都得以電動交通工具代步，但在夜間開車走山路，人坐在車內，至少沒有直接與大自然「對搏」的未知感。

但夜間徒步走山路的感覺，則是另一番光景。

我想起那一年我初進台中明道中學教書，和另外三個同時進學校教書的老師，一起去溪阿縱走，那是我們第一次縱走溪阿，當時地圖的製作似乎也不是那麼精致，我們大部分是靠著前人走出來的路，來認路。

最記得的是，爬完好漢坡後，就是石猴小火車站，原本計劃在那裡趕最後一班往阿里山的小火車，沒想到好漢坡真折騰人，爬完之後到了石猴，早已錯過小火車，由於石猴沒有住宿地方，要過夜只能去阿里山，四人面面相覷，咬咬牙，就這麼小手牽小手，靠著微弱的電筒和依稀的星光，一步一步走過去。

石猴到阿里山這段路程全程是九・二公里，這距離對陸戰隊出身的我來講，問題不大（以前每天晨跑就是十公里），但麻煩的是，中間的隧道有十幾個，架在山谷間的鐵路橋樑有二十多座，我們又是在夜間步行，如果沒有電筒和被暗雲掩映，偶而探出來的月光和依稀的星光，根本就沒有所謂能見度可言……

至今我仍想不起是怎麼走過那些木橋的，更掛念的是，不知那一段鐵路而今是否安在。

不過，那次經驗我倒是也寫了首詩〈夜行山道〉紀念：

夜霧悄悄地漫漶進入我們的眼界了
兩旁的古森林竟紛紛以千年的情緒

兀自靜坐成歷史的另一部分
谷間有風，有蟲鳴蕭索
二月很冷，宇宙又顯得太寂寞
獨留我們謹慎的步伐
面對幾十座隧道與架空的橋樑
一副獵人的樣子，便不能不警覺
可能有嗜血的狼群或飢餓的黑熊
會從傳說裡倏然跳出
於是我們的口哨，驅魔般的吶喊
就在山巒間慢慢延伸開來
世界在沈睡中也翻了個身
而星星卻只淡淡呼應我們
以淒迷的亮度
那時，我們都越來越小
逐漸消融在破墨無聲的天地裡……

李奇蒙古橋（Richmond，1823）／澳洲行旅系列

一百多年的歲月強拉著囚犯離去了。
我仍聽得見吆喝、呻吟以及
每一句因想家而微微顫抖的嘴唇……
橋身斑駁的岩石上，
正點滴寫著李奇蒙成長的痕印，
「這麼大了？」一枚落葉不勝唏噓。
是無奈，就留給依舊寂寞的河吧！
是希望，就讓它跟隨教堂的鐘聲，
悠揚地響起……

詩想

澳洲（又譯稱澳大利亞），是我在台灣媒體工作時，出國採訪的第二個國家（前一個是英國蘇格蘭）。雖然對於絕大多數常出國旅遊的人來講，澳洲並不是個陌生的國度，特別是雪梨（Sidney，中國大陸譯做悉尼），只要到澳洲，雪梨幾乎是必去的城市。

我去過澳洲兩次，第一次是應澳洲肉類畜牧協會之邀前往，後來因喜愛那個國家乾淨的環境，又找了時間跑去西澳伯斯（Perth）玩了一圈。

但回憶起第一次去澳洲採訪的經驗，想想，比起一般人還算有點幸運的是，雖然我們媒體團也免不了要先去雪梨，但我們的目的地，卻不是在澳洲大陸，而是它東南方一個小島——塔斯馬尼亞（Tasmania）。

那個島之於澳洲大陸，很像台灣之於中國大陸，雖然島形像個大「鮀鳥蛋」，與台灣的「香蕉」形狀不同，但該島的面積比台灣大上近兩倍，而人口則又差得很多，記得那時台灣是兩千一百萬，塔斯馬尼亞則是四十五萬人左右。

這樣形成的人口密度，可想而知，會有多麼稀薄。

由於去採訪與肉類畜牧相關的產業，可知，這個塔斯馬尼亞島的畜牧業就是以牛羊為大宗，包括了牛、羊的養殖、屠宰、毛皮剪割與加工……等相關流程。

我們的行程是從墨爾本搭小飛機，先去北方的城市隆西斯頓（Launceston，其實人口也就六・八萬），再搭巴士南下人口十六萬的首府——荷巴特（Hobart），一路走訪畜牧業者。

不管在隆西斯頓或荷巴特，對塔斯馬尼亞那麼大的島來講，都算是城市，而對於來自人口密集的台灣的我來講，那個時候，最吸引我的，卻是兩個城市中間的幾個不起眼的寧靜小鎮，例如這首詩寫的李奇蒙。

我對詩中描寫的這座一八二三年興建的古橋很感興趣，它是由當地的囚犯所建造，材質則以塔斯馬尼亞盛產的砂岩為主。

為什麼要特別提到「囚犯」呢？

因為，好幾百年前，大英帝國就是用「囚犯」來經營這塊大陸的，它是英國的「邊塞」，有如中國滿清時候的新疆或寧古塔，所有犯事的人，全都發配來澳洲，一部分來到塔斯馬尼亞拓荒，負責造橋修路、建教堂、打造一座新的城市。

想想，澳洲與遠在歐洲西端的母國（英國）相隔有多遠，你犯了罪來到這兒，想家了，想逃跑？能逃到哪裡？

因此，我在面對這座古橋時，感慨還是滿多的，因為，近兩百年前關押那些創造荷巴特城市開發史的囚犯的監獄，現在還保存在李奇蒙僻靜幽暗的一角……凝望著古橋，冥冥中就能聽到一些揮汗、一些吆喝與一些些怨歎的聲音，自牆的內緣輕輕傳來。

那次澳洲的採訪，回台灣後，除了該交的稿之外，還寫了四首詩，〈李奇蒙古橋〉是其中一首，另三首附在後面。

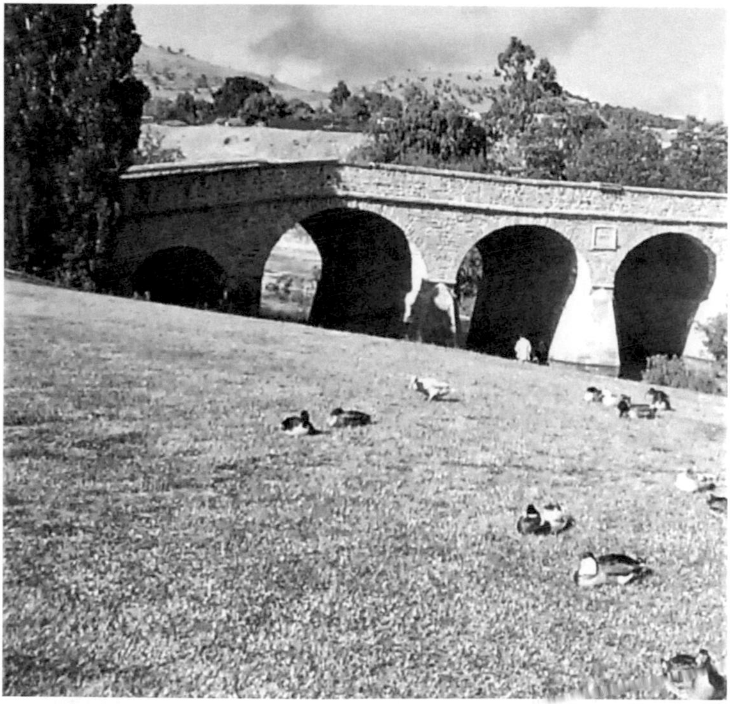

李奇蒙古橋

附詩

初臨雪梨——華特生灣海濱公園

許多鷗鳥滑著風，
降落到這塊大地；
乾淨的空氣興奮地出來迎接，
而落葉仍自羞澀地躲在後面，
用繽紛的語言，
與偶爾飄上來的浪花，
相問著客人打那兒來！

南太平洋的藍寶石——塔斯馬尼亞傳奇

上帝讓自由統治了這島，
寂靜便大批渡海而來，
越過森林、河流與廣闊的草原，

穿進牛羊與牧民們田園的家居，
順利接收了夢一般的淨土！

啊！塔斯馬尼亞，
我們遂滿心以寶石的幽亮，
為你命名！

安格詩牛牧場聞香——塔斯馬尼亞傳奇

山很遠很靜……
初雪堆高在山峰處，
冰淇淋的乳白！

塔瑪河在腳下，
耐心哺育每一寸青草地；
牛們則用健康的黑，
穿織島上的風月。

夏天，便以煙燻過的暗香，
輕悄地步上了每一張餐桌，
極盡誘惑地徘徊在客人的唇舌之間！

——二〇一七・五・十一，中華日報副刊

＊由阿球（Archer）家族所經營的安格詩牛（Angus）牧場位在隆西斯頓市郊，由塔瑪河（Ta-mar River）滋潤與哺育出的牛隻，肉質鮮美，也助益了澳洲肉類畜牧業的獨步全球！

輯四

歷史簡譜

永遠——女頌系列

沒有讀過你的日記，但是
我讀過那個年代，心情曾跟著你惴惶的身影
穿越炮火彈雨交織、屍坑滿佈的戰場
推開暗格，進入你們一家躲藏的密室

我的確看見，少女的夢想和天真的笑語始終
迴盪在浪漫的床邊與凌亂的炊具之間，所以

所以我認識了永遠的你，永遠的十三歲……

詩想

大學畢業時，與那個年代的每個男生一樣，下一步就是當兵去。我的兵種是海軍陸戰隊，聽起來很雄壯威武，但我必須心虛的說，我入伍時，兩岸之間還好，我沒有真正上過戰場。

而今，其實戰場已離我們不會太遠，光是近年的伊斯蘭國（ＩＳＩＳ）崛起，就要將多少國家捲入戰爭的邊緣，但除了中東國家，即使曾被恐怖攻擊過的美、英、法等國人民，大概也很難真正感受到戰爭的「存在」。

事實上，二次世界大戰也才結束了七十年多一點，離一個世紀的百年還有好長一段時間，但我們對戰爭的記憶總是顯得很浮誇，似乎那只能是電影和畫報上的事，然後我們就很輕鬆的隨口這麼一句驚歎：「好精彩」、「好感人」、「好恐怖」……

白先勇的小說〈歲除〉有一段我印象很深刻，那是老兵賴鳴升在劉營長家過除夕時，與一個軍校學生俞欣的對話。

賴鳴升在餐桌上講述當年參加台兒莊會戰，提到一場戰役後他騎著馬跟在黃明章團長後頭巡察，「只看見火光一爆，他的頭便沒了，身子還直板板坐在馬上，雙手抓住馬韁在跑呢。」賴鳴升也挨轟下了馬來，半個胸膛被轟掉，馬則被炸得肚皮開了花……

當俞欣感歎的說了句「那一仗真是我們的光榮」之後，賴鳴升不屑的回應說：「光榮？你們沒上過陣仗的人，『光榮』兩個字容易講。」

是的，讚美之詞總是容易些，例如，「好感動」，這是我高中初讀到二次大戰相關的歷史中，知道曾有個叫安妮（Anne Frank）的猶太少女，與家人為躲避

納粹的搜捕而在一個密室中生活了兩年的感受。

安妮將兩年密室生活的點點滴滴寫成日記，在她死後，由父親將之整理出版，成為控訴納粹罪行的鐵證，被譽為二十世紀最重要的書之一。

安妮與家人為避德國納粹的追捕，於一九四二年七月，她剛滿十三歲生日後一個月，全家避居在一幢辦公大樓的密室；在那裡，她寫下了日記，記錄了她的心情，也留下了納粹迫害猶太人的證據。

安妮寫日記是從十三歲，即一九四二年六月十二日開始寫起，至一九四二年十二月五日發生的事情。那是她留下的三冊日記中的第一冊。

第二冊則是記述由一九四三年十二月二十二日至一九四四年四月十七日發生的事情，第三個現存的日記卷冊保存了由一九四四年四月十七日至該年八月一日所發生的事情，此後安妮便被納粹德軍逮捕。

所以，這本日記是在她十五歲被捕後戛然而止。難過的是，被納粹逮捕後的安妮，狀況一日比一日更差，終於沒能熬過勝利的來臨，一九四五年四月，重獲自由前不久，未滿十六歲的安妮病死於集中營。

雖然不曾完整讀過她的日記，而今想來，我的感動大概就來自於這椿真實的歷史，不忍一個荳蔻年華的少女，是如何在浪漫的美夢和隨時可能被捕的恐懼中度過……年輕、柔弱、與非自然的死亡，都在她身上，總是令人不捨！

後來，片片斷斷讀她的日記時，想像也總會帶我跟她一起回到那個風聲鶴唳的年代和兵荒馬亂的家園，進入她的密室，陪她一起感受那種緊張和憂傷的氣氛。

然而，這時的我其實就像白先勇筆下的俞欣，「感受」畢竟還是想像得來，相對於安妮的悲慘經歷，真的是浮誇得太多；正如賴鳴升說的：沒上過陣仗的人，「光榮」兩個字容易講。

但是但是，我仍然只能藉「詩」這樣的文類，以文字來濃縮我對安妮那兩年密室生活的……理解吧，我們都不是那個年代那個殘忍世界走過來的人，若能經由文學作品，感受她曾感受過的七八成，或許就能獲致一些些感動，在必要時，這感動或能鼓勵我們站起來，以行動捍衛值得我們珍惜的一切。

因此，在二〇一四年六月六日，即諾曼地登陸七十周年這一天，我寫下了詩的初稿。

「女頌」是一系列向歷史上我較為熟知的女性致敬的詩篇，接下來幾首，有些附〈註〉，即使沒有附〈註〉，相信看詩意也能看得出鋪寫的女子是何人。

附

秋決

不愁秋風，不愁秋雨
愁的其實是那一年，中國剛進入隆冬
監斬官闊步離去了，你的血才順著刀背
無奈的滑向大地

可惜啊！好不容易從午時陰雲裡擠出的
陽光一縷，只能睇著你身後的紫禁城

淒然……一笑……

註：秋瑾並非在北京就義，文中的紫禁城別有所指。

人間四月天

多年之後，再去追溯他的身影是否曾留在
你的人間四月天，已不重要

重要的是，他確曾為一首詩而傾倒
為他註定緣盡的晤面，而付出整生

康橋還在，虹、星輝與笙簫們都在
不在了的，卻是你的溫存以及

他的迷醉和傷悲……

註：一九三一年十一月十九日，林徽因要在北平協和禮堂為外國使節演講「中國建築藝術」，徐志摩欲前去捧場，於早上八時搭乘飛機由南京北上。飛機在大霧中誤觸濟南開山墜落，徐志摩罹難，死時三十四歲。

夢迴

想念你生長的東北那土地會流淚
有魂縈的呼蘭河夢牽著你的家園

有二伯馮歪嘴和團圓媳婦啊他們
仍在小心翼翼活著，唯你已遠去

扛著倉惶心情南下，十年輾轉只換來
兩聲不甘，猶伴著你的鄉音和遺憾

成為苦澀的意象，飄來我夜讀的窗前

註：有二伯、馮歪嘴和團圓媳婦，都是蕭紅《呼蘭河傳》描寫的人物。

出塞

分明看見你的車隊
沿著驛道，越走越荒涼

眼裡滿含風霜，不時前瞻的
你，卻不知為何又頻頻南望

雜遝的步履，就這樣從遙遠的年代
走過和平，也走過讓你傷心的亂世

獨留那青塚在天涯之外，看起來好疲憊

註：出塞後的王昭君，被迫先後嫁給匈奴王父子，還被漢成帝拒絕回歸的請求。在她遠嫁匈奴之後，西漢邊疆維持了短暫的和平，但王莽篡位後，匈奴以「非劉氏子孫」再起兵戎，王昭君遂在悲傷中離世」。

懸念

千年之後懸念猶在，且始終圍繞著
吊死你那棵梨花樹，依稀你的眼神
因繩索寸寸緊逼喉管而逐漸
逐漸渙散之際，好想知道最後那抹光影
會是模糊的皇上、曖昧的祿兒？
還是灰飛的驪宮、煙滅的楊家？
或竟是一串來不及送到你唇邊的荔枝？

謎句

一生都給那襲旗袍害了，不知為什麼，
歷史總被女人的嫉恨挑弄得如此吊詭？

他喪命於牛棚之際，你的心情想必早已
死在秦城，昏迷十年你的黨才稍稍甦醒
命運彷彿又被輕薄了，無奈你只能選擇
原諒，管他們平反的是劉少奇、劉衛黃
還是……螻蟻般的劉主席……

註：王光美，曾是中華人民共和國國家主席劉少奇夫人，文革期間，劉少奇被關押至病死——死後火化申請單上的名字是他早年曾用過的「劉衛黃」，她繫獄秦城。一九八〇年被平反。之後，面對當年迫害他們的毛家，她說是「一笑泯恩仇」，選擇了寬容。

豔電

——兄為其易，弟為其難（汪精衛致蔣介石）

中央黨部，總統，暨中央執監委員諸同志鈞鑒：

這次我決定，奔赴那被蹂躪的土地
去你們棄守的城池
前線風雨持續飄搖
如果無人低聲求和，如何啊
如何能讓敵人放下兵械
放你們不肯眷顧的人民，一
條
生
路

日方宣說和平原則、無領土要求
確是虛實莫辨，但衡諸世局憂患

歐洲戰事氣氛方熾
美利堅又堅避清野
兄轉進後方
運籌帷幄容易，振臂高呼不難
去歲南京屠殺，悲風仍自低迴眼前
而千萬生靈依舊深陷險區
死亡的陰影，隨時撲向江南

所以我決定了——
要去你們熟悉
卻不敢聞問的遠方
從容做命運的楚囚
猶然是快意引刀的少年（註）
弟清楚這次將揹負，再難洗清的
一身唾罵，與滿臉惡臭

到戰火中，為同胞砌下一道防線
狂浪裡，為民國築起寧靜港灣
待歷史安全靠岸
我的名字便從此，漂泊出去……
謹引提議，伏祈采納！

銘艷

註：汪精衛於一九一〇年行刺清攝政王載灃失事被捕後，在獄中寫下「慷慨歌燕市，從容作楚囚；引刀成一快，不負少年頭。」的絕命詩。

詩想

大概沒有多少人記得八年對日抗戰，以及戰爭留下的恩怨情仇和千古謎題。

它卻總讓我想起汪精衛。

是的，我對汪精衛的看法，一直以來，就跟國民黨史寫的很不一樣，也跟一般同情他，認為他能寫出「慷慨歌燕市，從容作楚囚；引刀成一快，不負少年頭。」的絕命詩，必不是漢奸的人，不一樣。

年輕時的愛國情操，未必能延續到中年，絕命詩做不得準。

我的看法是，汪精衛在黨內雖與蔣介石有扞格，同時對日主戰或主和，意見也有分歧，但不能就視他一定是賣國的，別忘記，他去南京組偽政權時（先不管是不是他的本意），南京是國民黨控制，還是日本的佔領地？為什麼沒有人敢說是蔣介石拋棄了南京，讓南京人被日本人恣意屠殺？

汪精衛是否藉由贏得日本人的信任，獲得許多情報，我們先不要下判斷，但是，就連川島芳子也一直懷疑，長沙大捷以還，日本的幾次大敗，根本是汪精衛從中搞鬼（只是一直找不到證據），一個對風吹草動很敏感的女間諜，都能感受到汪精衛的心理意圖，怎麼反而中國人自己卻相信汪精衛的肩膀是靠向日本那邊，豈不怪哉？

再就是幾年前，李登科寫的《蔣介石與汪精衛的絕世祕密》（印刻），書中提到，一九五二年他從前軍統局少將處長王新衡口中得知：當年軍統局局長戴笠曾祕密接觸汪，最終汪為救中國而犧牲個人名譽，接受了約定才脫離重慶國府，跑去越南以營造他和蔣不合的氣氛，取信於日本人。

戴笠曾有文件指出「汪之出走，原意為緩兵之計，並照顧淪陷區人民，此是最高度的祕密。」即所謂「曲線救國」。

不論是李登科或他提的王新衡，都是軍統局的人，沒事幹嘛替一個「漢奸」搽脂抹粉！吃飽了撐著，還是嫌自己退休沒事，討罵來的？

李敖在《蔣介石評傳》（商周文化，一九九五）中則引述朱子家（金雄白）在《汪政權的開場與收場》（李敖出版社，一九八八年版）的話：「如果汪氏的出走，事前不得重慶方面的默許，他不能離開重慶，自更不能離開國境一步。」（這點是我認為最強的證據，那個年代，即使是普通老百姓要離開中國，恐怕不死也半條命，更何況是汪精衛那個階層的人士，離開中國，要說蔣介石會不知道才有鬼。）

又提到汪氏在離渝（重慶）前曾對陳公博說過：「我在重慶主和，人家必會以為是政府的主張，這是於政府不利的。我若離開重慶，則是我個人的主張，如交涉有好的條件，然後政府才接受。」

朱子家據此判斷，「由汪氏出面去與日本交涉，條件不好，由汪氏獨任其咎；有好條件，政府才出面接受……」

這些證據和看法，其實也都不新，連虛構為主的歷史小說如高陽寫的《粉墨春秋》也有替汪精衛平反的用意。

在所有為汪精衛講話的文字中，個人覺得，最有力的，還是汪夫人陳璧君在法庭上為汪的責任與行為辯護的說詞，她說：

「日寇侵略，中央政府領導無力護民，國土淪喪，人民遭殃，而被迫每日生存於鐵蹄下，這是蔣中正的責任，還是汪先生的責任？說汪先生賣國？有那一吋國土是汪先生賣給日寇的？

反而重慶統治下的地區，汪先生從未向一將一兵招降。南京統治下的地區，是日本人的佔領區，並無寸土是汪先生斷送的，相反汪先生以身犯險，忍辱負重，在敵前為國民生存謀福祉，每天生活在敵人槍口下，這有什麼國可賣？」

由於個人相信汪精衛替蔣介石揹黑鍋的歷史冤屈，因此，很想為他寫一首詩，為他平反的意念，在心中積壓很久。

汪精衛於一九三八年十二月二十九日自重慶出走，並委由林柏生代為發表致蔣介石的電報式聲明，表示其支持對日妥協的政策。三十日在香港《南華日報》發表。二十九日在韻目代日（一種電報紀日方法）中，代碼為「艷」，故史稱汪精衛這封電報為「艷電」。

這首詩以汪精衛原電報為粗架構，原電報開頭的「重慶中央黨部，蔣總統，暨中央執監委員諸同志均鑒：」，在詩中我刻意去掉了「重慶」和「蔣」。末尾的署名原為「汪兆銘」，我僅以「銘」代之，主要是因為這畢竟不是艷電原文（與史料顯然不相符），僅是藉艷電的格式，寫出汪精衛在電報文字背後的「聲音」，故將與歷史連結的部分摘掉，讓它以詩的姿態，去說出汪精衛「不便」說出的話。

——葡萄園詩刊二〇七期，二〇一五年秋季號

齊諧

你們的父親一點也不怪誕。
怪誕的，是你們父親所應付的事，而他已經應付了。
——黑人民權領袖夏普頓，在麥可傑克森告別式上發言

你走了之後，流言仍如怪誕的風
死賴著你被塗鴉得很糗的形象不放

要怪就怪當初你以殭屍舞步，釀造鬼魅氣氛
想給歌迷Thriller（註1），給他們顫慄或者
讚歎，但真正的劇情
竟成為妖魔，始終圍著你此去經年

小道消息，已突變成面容陰暗的小鬼
緊緊勾纏你的雙腳
讓你難以施展，只能拖著沈重的心情
月球漫步（註2）——在猥瑣的地球

Heal The World，誰都知道

你想拯救的是
那些脆弱的靈魂，所以你譜下動聽的歌
好想說服軍士們丟下上膛的槍

悲苦的孩子們，憂鬱的臉龐初露笑容
但你的孩子，出入卻只能以面罩示人
啊！想拯救世界的麥可，竟只能
送給子女們，貓一般謎樣的童年

現實原本就不單純，每個兒童後面都有大人
有些大人後面，藏有薰心的利慾
再後面便有了，不堪聞問的
權謀、伎倆，以及黝暗的心事

難怪你的臉變了，分不清Black or White
世界也變得黑白不分，變得你和我都搞不清
為什麼擁抱兒童，就該被渲染成齷齪不堪
你心中澄明，八卦與方塊評論卻充滿邪淫

你想從歷史（註3）找答案
還繞了地球一圈回來，可是答案呢
依舊在你面前，躲躲閃閃……
於是你氣餒了，沈默了

十二年來，新曲三兩首，舞姿則凝結在記憶中
有關你的消息，不是整容就是官司
不是官司就是病情就是
稍加想像就會噴飯的膚色……

年紀才半百，奈何塵滿面，鬢如霜（註4），
雖有歌舞壯志，而身已飄零

多麼想奮起，你艱難地撐起剩餘的體力
掩飾如風中燭的健康，但這回命運真的就像夢幻
夢醒就消散，你的心，再無力跟隨你激揚的舞步
而跳動

別無選擇了這次
你只能閉上眼，歸去
也無風雨
也無晴（註5）

也許你還有遺憾？可是
你應該知道，天才，生於怪誕的世代

總被視為異類——訕笑、譏諷、口水、誣蔑
必如猙獰的子彈流矢，瘋狂而猛烈射去

但請不要難過了，你應付得其實很好
雖然結局，多少有點無奈！

註1：詩中的英文部分，皆為麥可傑克森的名曲。
註2：麥可傑克森獨創的舞步，後來引起風潮，不少人傚仿。
註3：一九九六年九月到一九九七年十月，麥可傑克森進行為期一年的「歷史之旅」（HIStory Tour），總共走了三十五個國家的五十八個城市，進行八十二場演唱會，粗估有四百五十萬名樂迷買票入場。
註4：蘇軾詞〈江城子〉中之詩句。
註5：蘇軾詞〈定風波〉之末句。

詩想

好快啊！轉眼間，麥可傑克森（Michael Jackson）過世，六月二十五日就滿六年了。

我對他本來沒有什麼好感壞感，以前對他的認識全是從報紙娛樂版面和八卦周刊而來，這些以譁眾取寵為辦報精神的刊物，對麥可傑克森很少給予好臉色和好的評價，對他的音樂和舞蹈很少著墨，卻多喜歡刊登與他有關的醜聞。

我雖然從事傳媒工作，但對西洋音樂界和娛樂圈這一塊，仍有距離，因此，我對西洋娛樂人物的觀念，也很容易被八卦傳媒「牽著鼻子走」，影響之下，我也跟著很不屑他老想換自己的臉，換自己的膚色，老想著從黑臉變白臉的做法。

直到他死後，有關他生前的諸多事諸多真相才慢慢浮現，我才慢慢知道這個人。

慚愧，也是這時候，我才開始重溫他的創作，驚訝於他不只是舞跳得好，竟也是這麼有才華的音樂創作人，如果單獨聽他的〈Heal The World〉或〈Black or White〉或〈Thriller〉，風格南轅北轍，真的無法想像，是同一個人的歌曲。

而這樣的天才，生前竟然到處被人嘲笑，只因他不斷的整容（後來證實不是整

容，而是他罹患了一種英文名為vitiligo，中文名為「白斑病」的皮膚病），或因被某個男童的家長控告他有孌童癖（後來證實是為了要貪他的錢財而誣告）……

在爬梳了這些舊聞新證之後，我腦海中第一個就想到——蘇東坡。

他們都是在屬於他們的年代被視做異類的天才創作者，沒有人因珍愛他們的作品，而愛護他們，卻只忙著向他們扔石頭，以不斷流放和嘲弄來惡整他們，來凸顯出扔石頭的人的清高。

余秋雨在其名篇〈蘇東坡突圍〉中似乎也想為這位天才詩人一吐怨氣：「蘇東坡在示眾，整個民族在丟人」（見《山居筆記》，爾雅）。

讓我想到那些對蘇東坡扔石頭的人的心理之變態，與八卦讀者對待麥可傑克森時，心理之詭異，庶幾相似，「傑克森的臉被嘲笑，全世界在丟臉」。

那一段時間，對麥可傑克森，有太多太多感觸，故以古代志怪之書《齊諧》為名，寫下這首紀念麥可傑克森的詩。

不斷穿插蘇東坡的詩句，即是為了對照麥可傑克森相仿的際遇。

黑人民權領袖夏普頓（Al Sharpton）在告別式演說中的一段話，也正是詩的主旨。

附上這句悼詞的英文原文：

Wasn't nothing strange about your Daddy. It was strange what your Daddy had to deal with. But he dealt with it… He dealt with it anyway. He dealt with it for us.

——二〇一五・六・二十三，菲律賓馬尼拉世界日報，文藝副刊

後記：有關夏普頓演講的英文第一句：Wasn't nothing strange about your Daddy.

如果按字面翻，應該是「你們的父親不是不怪誕」，負負得正，那應該是「你們的父親很怪誕」，這與普遍的中文翻譯「你們的父親一點也不怪誕」意義相反。

針對這句英文我曾一度想改回較為「正確」的英文（There was nothing strange about your Daddy），請教過漢學家王健和威斯康辛大學語言學博士江先聲，他們共同的意見是——最好不要改。

王健表示，他（夏普頓）是故意用美國黑人說法。如果改他，就等於批評他「標準黑人英語」。江先聲則認為，現在很多美國人都接受這種說法，尤其是現在語言學家不再講「規範性」（prescriptive）的語法，而只是「描述性」（descriptive）地呈現語言現實；而這種說法被認為是語言現實。翻譯沒錯。

留園簡史

陽光在午后大批闖入
鬧市中的禁區，才一推門
就發現不妙，千尺迴廊守在前面
等著以蜿蜒曲折的戰術將他們

各、個、擊、破

大部分遭亭台樓閣鎮壓
少部分被雕花窗格剪得七零八落
躲進池塘的被魚群啄食
爬上樹梢的被西風吹落，幽幽然
灑……滿……一……地

剩下幾片殘兵游勇
敗退到後院，早已累癱

這時，一列女牆自四面悄悄圍上
輕易便將從犯逮捕，並且將他們

五——花——大——綁

關押在庭子裡每個角落……示眾
讓來人隨地評點，任意傳說
就這樣留住了每個朝代
留住了每一則風花雪月

所以，它叫「留園」！

詩想

那年我跟著卑詩省華人足球隊去蘇州隨隊採訪世界華人足球賽，近一個星期的賽事結束後，主辦方安排我們做蘇州一日遊。

由於蘇州建城相當早，早在春秋時期（公元前五一四年），吳王闔閭就在姑蘇台建立吳都，嘖嘖，距今已超過兩千五百年。

別說兩千五百年，只要讓我站在一座超過兩千年的城市，想像兩千年前的同一個位置，不同的市容卻有同樣喧囂的市聲、不同的面孔卻有一樣擁擠的人潮……很容易讓我魂思渙散。

留園，是當時蘇州一日遊的其中一個景點，它位在蘇州古城西北的閶門外，最早是明萬曆二十一年（一五九三年），為當時已罷官的太僕寺少卿徐泰時邀請疊石名人周時臣設計建造的私家園林，原名東園。

清嘉慶三年（一七九八年），劉恕在原已破落的東園舊址基礎上改建，命名為寒碧莊，同時因園主姓劉，所以也叫做劉園。後來又被盛宣懷他家購得，翻修後再改名「留園」，主要取「劉」與「留」諧音。

我對這個園林有興趣，是因溫哥華華埠（唐人街）有個中山公園，於一九八六年舉行世界博覽會時所興建。

顧名思義，中山公園是因國父（大陸稱革命先行者）孫中山而得名，其設計構思乃是模仿蘇州庭園，公園的設計精髓也完全移植蘇州庭園。為建造此公園當時從中國調集了約六十人到溫哥華工作，甚至公園池塘內的石頭都是從中國運來。所有建材、技巧和工具，完全比照數世紀前的蘇州庭園。

到蘇州，自然不能不去拜望溫哥華中山公園的「老祖宗」，也看看蘇州庭園，聽說蘇州最大的庭園是拙政園，留園排第二，但因為旅遊路線的規劃所限，只去了留園，但一個多小時看下來，已足夠飽飲古典建築風貌的精髓了。

記得進園時是午后時分，首先就被矗立在前庭中央的知名的奇石假山「瑞雲峰」給震懾住，它是江南三大名石之一（另兩個是上海豫園玉玲瓏和杭州西湖縐雲峰），乃宋徽宗時的花石綱（用來運送重達數噸花石的團隊）遺物，屬湖州董氏所有，後董氏與徐泰時家聯姻，知徐好石，便將此石作為嫁妝相贈，置於東園，「留」存到今天。

接著當然就是千尺迴廊、小橋流水、亭台樓閣……

由於是午后，陽光在園內到處揮灑，又或者被樹木枝條和廊廡間的花格子窗給切割得七零八落。我要是那陽光，當我闖進庭園，長驅直入內間，再殺出中庭，看到蜿蜒曲折的迴廊，竟看不到哪裡是出口的時候，肯定會大吃一驚，暗自叫苦：「我命休矣！」

今天的留園，詩裡的「解說」，當然只是附會，近五百年來，它經過荒廢、重修、易主、改建、又荒廢、修繕，再到如今成為知名景點，並被聯合國教科文組織認定為世界遺產，不知未來它還會經過什麼樣的命運波折，不變的

永遠是——

白天滿園遍灑的陽光，與黑夜來臨時，那滿地沉著的月光！

附錄　兩則與蘇州有關的風景小散文

蘇州，留園

那天，在留園裡，聽蘇州的朋友介紹留園的掌故，幾代下來，換了多個主人，我都忘了其名，唯一記得的，就是「盛宣懷」。清末，因制定「鐵路國有政策」，而導致各省的鐵路公司奮起反抗，釀成四川保路風潮，讓武昌起義，一舉成功的，就是當時的郵傳部尚書，盛宣懷，他也曾是蘇州這一間精致秀麗的古典庭園的主人。

這間庭園在蘇州，僅次於拙政園，屬第二，即便在全中國，它也被譽為四大名園之一，這四大名園，拙政園當然少不了，另兩大則是北京的頤和園，與承德的避暑山莊。這樣的頭銜，就值得寫它一筆。

買下留園的，是盛宣懷的父親，盛康，於同治十二年（一八七三）購得。買下之後，大加修葺，於三年後的光緒二年（一八七六）落成，由於當時這庭園因乾隆五十九年（一七九四）的主人劉恕所得，而有「劉園」之名，盛康遂取其諧音，將之改名為「留園」，希望從此能「留」住自己，千年萬代的成為這庭園的主人。

「留」園是留下來了，自肇建的明朝萬曆二十一年（一五九三）算起，迄今四百二十多年，只有在清朝以前，乃屬私人擁有，民國之後，隨著當政者不同，遭遇也不同，抗戰時代，留園一度成了國民黨軍隊的養馬廄，中共建政後，也經歷過文革一番洗禮，改革開放後，才開始認真加以修繕，成為一處開放的園林。

現在，即使不是庭園的主人，只要你想去，買了門票就可以進去。而對於去過世界各地風景名勝的旅人來說，留園能留下多少印象，恐怕也說不準，唯一能留予人們細說的，無非就是數百年來雕出的文化吧，那些亭台樓閣、那些曲橋魚池、奇峰秀石，與清風明月……

仍然還在啊，這留園！

但最後一個擁有它的大宅豪門——盛家，早已不知去向……

蘇州城

現在的蘇州，當然已不是兩千五百多年前的那個模樣，早就看不見吳越兩國的千萬甲兵在原野上爭逐，我們只能憑現在的資料想像，那時的蘇州（當然，古代還有過會稽、姑蘇等名字），大約還是三兩市集零零散散的分布在附近，這些市集構成一個統稱蘇州的都會。

看得到現在的蘇州，市集聚合了，在這片古老的土地上，也湧出了難以數計的高樓大廈，依然會有四處串門的運河，連接著城市的每個角落，有的人家，一

開大門，迎來的就是船客。

兩千多年後，船客與船依舊是構成蘇州風景的重要一部分，儘管船客換了好幾代，運河上，多了些鋼鐵造的躉船，南來北往地載運著各種物資，但在著名的蘇繡上，只要打著蘇州風情的主題，船，照例會慢悠悠地航行過華麗的布綢。

但在現代的城市中，還有古老的運河，以千年的形象，穿織著每條匆忙的路、每條落花的街道，與每個流言飛過的巷口，卻是令旅人很容易為之驚艷。

蘇州，一位雍容尊貴的老婦，在她跟前，你必須安靜，她的確有夠多的故事，值得我們去聆聽，並可以從中獲得足以讓我們應對光陰與命運的智慧。

送行

自笑年來常送客，不知身是未歸人
——明・王越

凌亂的足跡還在，寂寞卻意猶未盡
獨留岸邊，與長夜作伴

世界緩緩入睡，舟子慢慢遠去
多麼悠長啊……那時間的河……
水流著……輕波在思緒裡盪漾……

一抹微風，一彎冷月
橋上的殘雪、橋下的落葉
好像是老天安排的一齣戲
霧重了……

那是心情

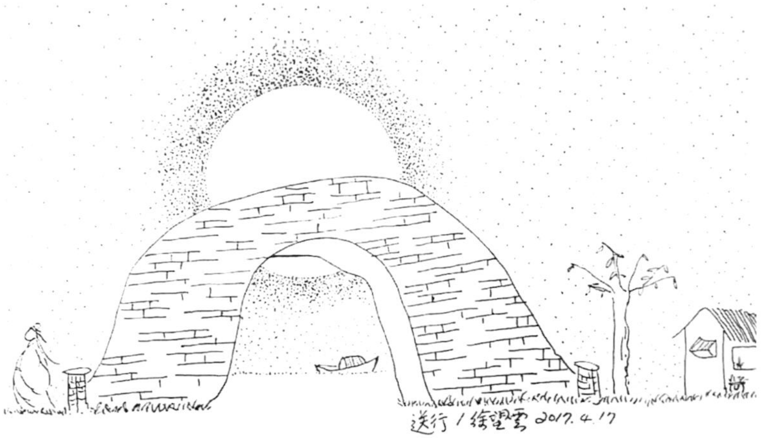

詩想

不知金氏世界紀錄有沒有「寫得最久的詩」這一項？

唐朝有名的苦吟詩人賈島，在他一首〈送無可上人〉的詩中，曾自注「二句三年得，一吟雙淚流。知音如不賞，歸臥故山秋」，形容他寫詩的苦況。

他最有名的一樁小故事，就是有一回他騎在驢背上一路吟哦，終得詩句「鳥宿池邊樹，僧推月下門」，但又覺得「僧敲月下門」更能襯托出夜晚的幽靜，一下子拿不定主意，想著想著，就碰到了京兆尹韓愈的車隊。

賈島被衛兵抓到韓愈面前，了解原委後，韓愈不但不怪罪，還建議他用「僧敲月下門」，這就是「推敲」一詞的由來。

這首〈送行〉，初稿是一九九九年一月十九日凌晨在台北寫成，該年年底我移居來溫哥華，其間一改再改，直到二〇〇六年的十二月十五才完成寄出，七天後，在中國時報人間副刊發表。賈島的「二句三年得」，讓他一吟雙淚流，比較起來，我可能得「涕泗縱橫」了。

再回頭去看〈送行〉的初稿，的確是很粗糙：

秋意到了夜裡
便換上一套墨綠色的外衣

思念的人在舟上
舟子悠然在時間的長河

啊！老友逐漸遠去，逐漸模糊

而淒美的，為何總是別離
好像是老天安排的一齣戲

霧重了，那是心情

最早的題目是〈秋夜別離〉。當時的靈感主要來源自一張不知從哪裡取得的書籤，畫面左邊有絕壁，絕壁下有一艘船，色調是綠色的，畫面右邊則嵌著李商隱的一首七律的前四句，「一夕南風一葉危，荊雲回望夏雲時。人生豈得輕別離，天意何曾忌險巇」。

李商隱主要是寫懷鄉思妻想子的心情，而我祇是順著書籤畫面和他的詩意，寫出送友人遠行的感覺。

但寫完後，怎麼看，就怎麼不對勁，「思念的人在舟上」、「老友遠去」與「淒美」全然無法畫等號（思念的人不一定是老友，思念可能很「淒」，但不一定「美」），但一時片刻，又無法找到詞語將它們聯繫在一起，唯一還滿意的，是那種調調，遂任它一直擺著。

詩的初稿，我寫在一本筆記本上，跟著我移居到溫哥華。

在溫哥華工作期間，認識一些從兩岸三地來到溫哥華工作的外派人員，並與他們成了好友，但由於制度關係，這些外派人員在三、五年內，都必須調回去，這幾年來，一次次，看著這些好友回去，感觸都特別深。

像中國駐溫哥華總領事館前教育參贊許琳（已從中國國家漢語對外推廣辦公室主任的位子上退休），她快人快語、活潑直爽的個性，打破了我觀念裡中國的官員總是「無可奉告、依法辦理」的陳腐觀念、駐溫哥華台北經濟文化辦事處前新聞組長陳碧鐘（已從外交部退休），在我失業的一段時間，仍不時給我勉勵、華航加拿大前經理周艾（二〇〇六年中於華航高雄分公司總經理任上辭世）一家對慈善事業（黏多醣症寶寶）的投注，令我敬佩……

他們一個一個離開溫哥華，每次都讓我心情久久難以平復，深知這一別，要再見面，又不知得等多少年，因此，當僑界忙著去機場送行時，我則能避就避，因為，怕自己的心情承受不住。祇能躲在家裡，以寫詩的方式來發洩。

於是，就將舊作〈秋夜別離〉的內容做了改動：

凌亂的足跡還在，寂寞卻意猶未盡
獨留岸邊，與長夜作伴

世界緩緩入睡，舟子慢慢遠去
多麼悠長啊……那時間的河

一抹微風，一彎冷月
橋上的殘雪、橋下的落葉

好像是老天安排的一齣戲
霧重了……

那是心情

這樣的改動，感覺上比〈秋夜別離〉「進步」一點，我將河的意象上，補搭了一座橋，並且讓船行在橋下，其中我尤其喜歡：「一抹微風，一彎冷月／橋上的殘雪，橋下的落葉」這兩句的意象，但問題是，它與前一段「世界緩緩入睡，舟子慢慢遠去／多麼悠長啊……那時間的河」，在語意上無法承接，總要有些句子，像一座橋將它們連接。

光是這一部分，又讓我想了至少兩年，一度我曾擬用「臨別太急，無可相贈／就讓思念陪你遠行吧」來承接，但覺得這兩句太直，太白話，沒有讓讀者可以回想的空間（思念相贈，就祇能讓讀者朝「思念」的方向走，而且，思念思念，太俗套），所以，也就一直擺著，想等到有好的句子，將之修正過來再說。

這期間，唯一的收穫，就是偶然間找到明朝，王越的詩句「自笑年來常送客，不知身是未歸人」做為詩的引言，因為，王越的詩句，正是我寫這首詩的心情最佳寫照。而詩題，也順理成章改為「送行」。

有一回，和曾經在英國唸書的朋友聊到徐志摩，他說去過劍橋，看過徐志摩〈再別康橋〉裡描寫的湖，很為之感動，突然我的腦海中閃過「波光裡的灩影，在我心頭盪漾」，並想到我那遲遲未完成的〈送行〉，由可以映照水面上各種事物的「水波」來連接河與河上的橋，不是很好！

於是，回到家，打開電腦，將「水流著……輕波在思緒裡盪漾……」接到這首〈送行〉的中間，這一來，整首詩的意象就能一氣呵成，不會斷掉——當被送的人乘的船走了，河繼續流動，輕波在河上，映照著橋，不管（橋上的）送行人回家了沒有，但「凌亂的足跡還在」（思緒畢竟是送行人所有），於是，再接到橋上的「一抹微風，一彎冷月」，就比較順暢。

此外，這首詩算不算好，或能否感動人，我不敢說，但全首僅有「思緒」與最後的「心情」是寫人的內心活動（第一段的「寂寞」是擬人化的，不算是「人」的內心活動），其它全是寫景，卻是我刻意的安排，希望藉由不會「動」的景物來安排出一種「氛圍」，才能讓讀的人有同感，再搭配「動」的情緒，就能點活意境，再讓「心情」做結尾，與「送行」呼應。

太多自己的情緒，就很容易成為作者寫的東西，而不是讓讀者一起來參與的作品，定稿後的〈送行〉，到這時，（在我的標準）才算及格。再回頭去看初稿完成時間——赫！已是八年前的事了！

跋——詩房重新裝修，歡迎來做客

先從這首〈行宮〉說起好了：

寥落古行宮，宮花寂寞紅。
白頭宮女在，閒坐說玄宗。

這首詩一般說是元稹的作品，明朝胡應麟在《詩藪．內編》中認為此詩是王建所作；不過，作者是誰其實不是太重要，重要的是，這首詩因為僅用二十字，就道盡了唐玄宗一生，可謂「最短的史詩」。

元末明初的瞿佑在《歸田詩話》中說：「樂天（白居易）〈長恨歌〉，凡一百二十句，讀者不厭其長；元稹之〈行宮〉，才四句，讀者不覺其短；文章之妙也。」清朝的沈德潛則說，此詩好在「只說玄宗，不說玄宗長短」，一個「說」字足以將那段歷史全盤托出，這在其他懷古、詠史詩中是很難做到的。

看了這些學者點讚，我另外還想點出的問題則是，如果最後一句改成「閒坐說阿松」，你覺得這首詩的價值能體現在哪裡？或者說，還有價值嗎？我們首先就想搞清楚「阿松」是誰，誰是「阿松」，否則這「阿松」來得太莫名其妙了。

一句說「玄宗」，之所以能夠引起讀者的感歎，是因為我們（閱讀者）從歷史上先已讀過或至少了解了玄宗（唐明皇）的故事，特別是他與楊貴妃之間的愛情，他的時代又碰到安史之亂……

因此，當白頭宮女悠悠閒閒地圍坐在（顯然是）落魄的行宮以玄宗的陳年八卦來擺龍門陣時，讀者腦海中就會同時浮現出唐玄宗李隆基在位四十四年間（七一二至七五六年）的風花雪月，跟著才有「時光已逝永不回」的感慨或感傷。

背後的故事，很多時候是決定詩能否被讀懂或被接受的要素（這裡不談詩的好或不好），不論這首詩是明朗或晦澀。

儘管我也服膺羅蘭巴特（Roland Barthes）「作者已死」的觀點，但作者出來講講作品背後的故事（不同於解釋作品的意義），在某種程度上，可以幫助讀者更快進入作品架設的「場景」，至於讀者依據自己的品味，最終會重構出什麼樣的美學品貌，那當然是讀者的權利，作者就該退場了。

打個比方吧。

想像詩是一棟房子的外觀，背後的故事就像室內的陳設，精心設計裝修後，我們邀請親友（讀者）來家中做客，告訴他們這是躺椅、那是廚房、電燈亮度可以調整、電視搖控應這樣那樣操作、窗簾……最後，親友會把新設計的室內空間看成什麼風格，是古典、新潮、後現代，還是擁擠、陰暗、像豬窩，那就是親友（讀者）的權利了，我們都無法置喙。

基於這個理念，近年來，我將以往發表過的詩作，挑選個人認為背後有故事者，以精心的「室內裝修」，寫了一系列「詩說」——讓這些詩，以散文方式來介紹、來說說自己的故事。

「平民菜譜」系列是最先入手的，一方面是這一系列寫作時間較近，另一方面是選出的每道菜，幾乎都與我們的生活經驗貼近（所以才以「平民」名之），寫作較為得心應手，可以為後來幾篇的「詩說」先定出風格。同時為了因應「平民菜譜」系列，將書名取作「味蕾下的詩想」。

不過，為了讓讀者在詩的故事空間裡感受更為「便利舒適」，有的篇章會加上「附篇」，例如，提到蘇州留園，便附上多年前寫的小散文，來跟〈留園簡史〉的詩想（或詩說）對照，想必會得到特別的閱讀情趣。

提到加拿大落磯山脈的篇章，甚至還附上一篇以落磯山脈為背景的小說，小說中，我將落磯山脈的雄偉孤傲和森冷「不可褻玩」做了較為細節的描述，有助加深對這旅遊勝地的印象。

別問我《味蕾下的詩想——平民菜譜及其他》究竟是詩集、散文集，或詩文集。

說實話，我真不知道，也不是很在意，因為寫作時，心裡只想著以這樣的表現方式，讓讀者能在我重新布置的詩的空間裡更為優游自在，至於你要把這裝修過後的空間，看成是有錢人那富麗堂皇的金窩銀窩，或尋常百姓的溫暖「狗窩」……

你說了算！

新銳生活09　PG1717

新銳文創
INDEPENDENT & UNIQUE

味蕾下的詩想
——平民菜譜及其他

作　　者	徐望雲
責任編輯	鄭伊庭
圖文排版	莊皓云
封面設計	蔡瑋筠

出版策劃	新銳文創
發 行 人	宋政坤
法律顧問	毛國樑　律師
製作發行	秀威資訊科技股份有限公司 114 台北市內湖區瑞光路76巷65號1樓 電話：+886-2-2796-3638　傳真：+886-2-2796-1377 服務信箱：service@showwe.com.tw http://www.showwe.com.tw
郵政劃撥	19563868　戶名：秀威資訊科技股份有限公司
展售門市	國家書店【松江門市】 104 台北市中山區松江路209號1樓 電話：+886-2-2518-0207　傳真：+886-2-2518-0778
網路訂購	秀威網路書店：http://www.bodbooks.com.tw 國家網路書店：http://www.govbooks.com.tw

出版日期	2017年6月　BOD一版
定　　價	320元

Printed in Taiwan

國家圖書館出版品預行編目

味蕾下的詩想：平民菜譜及其他 / 徐望雲著. -- 一版. --
臺北市：新銳文創, 2017.06
面； 公分
BOD版
ISBN 978-986-94864-0-8(平裝)

848.6 106007850

讀者回函卡

感謝您購買本書，為提升服務品質，請填妥以下資料，將讀者回函卡直接寄回或傳真本公司，收到您的寶貴意見後，我們會收藏記錄及檢討，謝謝！

如您需要了解本公司最新出版書目、購書優惠或企劃活動，歡迎您上網查詢或下載相關資料：http:// www.showwe.com.tw

您購買的書名：________________________________

出生日期：________年________月________日

學歷：□高中（含）以下　□大專　□研究所（含）以上

職業：□製造業　□金融業　□資訊業　□軍警　□傳播業　□自由業

□服務業　□公務員　□教職　□學生　□家管　□其它_____

購書地點：□網路書店　□實體書店　□書展　□郵購　□贈閱　□其他

您從何得知本書的消息？

□網路書店　□實體書店　□網路搜尋　□電子報　□書訊　□雜誌

□傳播媒體　□親友推薦　□網站推薦　□部落格　□其他__________

您對本書的評價：（請填代號　1.非常滿意　2.滿意　3.尚可　4.再改進）

封面設計____　版面編排____　內容____　文／譯筆____　價格____

讀完書後您覺得：

□很有收穫　□有收穫　□收穫不多　□沒收穫

對我們的建議：________________________________

____

____

____

請貼
郵票

11466
台北市內湖區瑞光路 76 巷 65 號 1 樓
秀威資訊科技股份有限公司 收
BOD 數位出版事業部

(請沿線對折寄回，謝謝！)

姓　　名：＿＿＿＿＿＿＿＿　年齡：＿＿＿＿　性別：□女　□男

郵遞區號：□□□□□

地　　址：＿＿＿＿＿＿＿＿＿＿＿＿＿＿＿＿＿＿＿＿

聯絡電話：(日)＿＿＿＿＿＿＿＿＿＿(夜)＿＿＿＿＿＿＿＿＿＿

E-mail：＿＿＿＿＿＿＿＿＿＿＿＿＿＿＿＿＿＿＿＿